KB149537

소소한 일상에
행복을 불어넣는 당신에게
소중한 마음을 담아 드립니다.

_____ 님께

_____ 드림

소소한 일상에
행복 붙여넣기

노형욱 지음

프로방스

　　행복은 스스로 만들어 가는 것이라고 합니다. 하지만 바쁜 일상 가운데 소소한 행복을 누리기가 쉽지 않습니다. 지나친 일들을 다시 돌아볼 여유조차 없습니다. 이런 이유로 일상에서 발견한 귀한 것들을 많이 놓치고 살아갑니다. 일상에서 우리가 놓쳐 버린 소소한 행복과 추억, 교훈과 가르침은 너무나 많습니다. 컴퓨터 용어 가운데 Ctrl+v가 있습니다. 우리나라 말로는 '붙여넣기'입니다. 전체를 복사해서 원하는 곳에 붙여넣을 수 있습니다. 붙여넣기의 장점은 일일이 만들거나 타이핑하지 않아도 됩니다. Ctrl+v처럼 일상의 행복을 내 삶에 그대로 붙여넣을 수 있다면 얼마나 좋겠습니까?

　　우로지 호수에는 두 개의 팔각정이 있습니다. 어느 곳에 올라도 우로지 전경을 볼 수 있습니다. 호수를 산책하다가 팔각정에 올라 우로지 주변을 천천히 둘러봅니다. 물오리들이 한가하게 호수를 떠다닙니다. 가끔 자라가 물 밖으로 머리를 내밀기도 합니다. 벤치에 앉아 있는 사람, 운동하는 사람, 천천히 걸어가는 사람들의 모습도 보입니다. 시원한 바람이 불어옵니다. 우로지 물이 햇살에 반사되어 은빛이 되기도 하고, 저녁이 되면 노을이 호숫물을 금빛으로 만듭니다. 이 멋진 풍광은 평소에 놓쳤던 일상의 행복입니다.

코사카 마사루가 쓴 《속도를 늦추면 행복이 보인다》라는 책이 있습니다. 너무 바쁘게, 빨리 달리다 보면 날마다 우리에게 다가오는 행복을 볼 수가 없습니다. 인생의 속도를 조금만 늦추어도 행복이 보입니다. 자기 일에 최선을 다하며 열심히 사는 것은 정말 대단하고 멋진 일입니다. 우리는 그 이야기를 삶에 붙여넣어야 합니다. 필자는 일상 가운데 발견한 것을 오래 간직하기 위해서 사진을 찍고 글을 적었습니다. 순간의 아름다운 추억과 감동을 삶에 그대로 가져와 붙여넣고 있습니다.

끝으로 아름다운 이야기가 쓰일 수 있도록 응원해준 아내와 두 딸에게 고마움의 마음을 전합니다. 아울러 멋진 책을 만들어주신 도서출판 프로방스와 조현수 대표님께도 감사드립니다. 이 책을 읽는 모든 분이 일상의 행복을 누리기를 바랍니다.

+++++++ +++++++

+++++++++++++++++++++

행복을 붙여 넣어주세요

01

행운을 위해 행복을 밟지 말라

어릴 때 클로버를 '토끼풀'이라고 불렀다. 시골에서 토끼를 키우는 아이들은 아침에 일어나면 클로버를 뜯어서 토끼에게 주고 학교에 가곤 했다. 유럽에서는 클로버를 신성한 식물로 여긴다. 기독교적 의미로 삼위일체인 성부, 성자, 성령을 의미하고 네 잎 클로버는 십자가를 닮아 행운을 상징하게 되었다. 다른 유래로는 나폴레옹이 전쟁터에서, 우연히 네 잎 클로버를 발견하고 고개를 숙이는 순간, 적군의 총알이 지나가 목숨을 구해, 네 잎 클로버가 행운의 상징이 된 일화가 있다.

세 잎 클로버의 꽃말은 '행복'이지만, 네 잎 클로버의 꽃말은 '행운'이다.

어느 날 가족과 함께 산책하다가 클로버 군락지를 보았다. 그 찾기 어렵다는 네 잎 클로버를 나는 순식간에 두 개나 찾았다. 가족들도 승부욕이 생겨 이곳저곳 다니면서 열심히 찾아다녔다. 한참 클로버를 찾고 있는데, 작은딸이 "아빠 세 잎 클로버를 다 밟아버렸어요"라고 말했다. 고개를 돌려보니 정말 우리 가족의 발에 밟혀 있는 세 잎 클로버들이 눈에 들어왔다. 네 잎 클로버를 찾기 위해서, 세 잎 클로버를 무참히 밟아버리고 말았다.

행운은 우리의 인생에 정말 가끔 오지만, 행복은 우리 곁에 늘 함께한다. 사람들이 말하는 행운과 행복은 클로버 잎 하나 차이다. 클로버 군락지에 가면 행복의 뜻을 가진 세 잎 클로버는 아주 많지만 네 잎 클로버는 정말 찾기 어렵다. 우리는 그동안 많은 것을 놓치며 살아왔다. 멀리 있어 잘 보이지 않는 행운을 찾기 위해 일상의 행복을 놓치고 살아간다.

행운은 기회가 주어져야 하지만, 행복은 일상의 작은 것에서 누릴 수 있다. 행운을 누리려고 지금 누릴 행복을 밟아서는 안 된다.

02

어머니는 된장국 끓여 밥상 위에 올려놓고

추억은 신기한 친구이다. 어떤 날은 생각하려고 해도 기억나지 않다가 우연한 기회에 갑자기 노크하고 문을 연다. 하루는 박양숙의 '어부의 노래'를 우연히 듣게 되었다. 고기잡이를 나간 남편을 위해 된장국을 끓여놓고 밤새워 기다리는 아내의 마음을 보여주는 노래이다. 어부의 노래 후렴을 들으니 어릴 적 먹었던 엄마의 된장국이 생각나서 울컥하고 눈물이 줄줄 흘렀다.

어머님은 된장국 끓여 밥상 위에 올려놓고
고기 잡는 아버지를 밤새워 기다리신다
그리워라 그리워라 푸른 물결 춤추는 그곳
아- 저 멀리서 어머님이 나를 부른다.

여름이면 동내 아재나 형들과 함께 소를 앞산 꼭대기까지 몰아 놓아야 한다. 작은 아이가 소를 몰고 올라가면, 나무나 풀에 맺힌 이슬에 온몸이 젖게 된다. 우리 집 소 누렁이가 가끔 심술을 부려서 엉뚱한 곳으로 가면 죽을힘을 다해 고삐를 당겨야 했다. 앞산 작은 오솔길을 따라 소를 올려놓고 내려오면 아침 식사

시간이 지난다. 엄마는 작은 스테인리스 밥상에 밥과 반찬을 차려 주셨다. 내가 세수하고 옷을 갈아입는 동안에 된장국을 따뜻하게 데워주신다. 내 아침은 쌀보다 보리가 많은 밥, 김치, 된장국이다. 그때는 혼자서 독상을 받는 기분도 좋지만, 엄마표 된장국이 있는 밥상은 최고였다. 엄마는 내가 식사를 마칠 때까지 외롭지 않게 이야기하며 옆에 앉아계셨다.

이제는 엄마의 된장국을 먹기가 쉽지 않다. 명절에는 온 가족이 모였다고 된장국보다 소고기 뭇국을 끓이신다. 가끔 고향을 방문해도 류마티스 관절염으로 엄마가 식사 준비하시는 것이 마음이 아파서 외식하게 된다.

엄마의 된장국을 먹어본 지가 꽤 오래된 것 같다. 이 글을 쓰는 지금도 어린 시절 엄마의 된장국을 먹고 싶다. 아마 오늘 밤 엄마의 된장국을 맛있게 먹는 꿈을 꿀 것 같다.

;03

그 자리에 서 있기만 하여도

푸른 나무로 가득 찬 숲 가운데, 말라 버린 고목이 서 있다. 고목이 된 지 꽤 오랜 시간이 지난 것 같다. 고목후주(枯木朽株)라는 고사성어가 생각난다. 마른나무와 썩은 그루터기와 같다는 뜻으로, 겸손하게 자신을 낮추어 말할 때 쓰는 말이다.

오랜 시간이 지나도 고목이 되살아나 잎이 돋아나는 기적은 없을 것이다. 그럼에도 사진 속 고목의 모습이 낯설거나 거슬리지 않는다. 비록 말라버린 나무지만 늠름하고 세월의 흔적과 기개(氣槪)가 넘쳐 보인다. 주변 환경과 어울리며 살아가는 고목과 숲의 조합은 많은 생각을 하게 한다.

죽은 고목이 든든히 서 있는 것을 보니, 마음이 겸허해지고 가슴이 벅차오른다. 우리가 살다 보면 누군가 내 곁에 있는 것만으로도 힘이 되는 사람이 있다.

가족, 인생의 선배, 친구 등 누구든지 몇 명이든지 상관없이, 내 옆에 있는 자체만으로 든든하다. 그들이 나에게 뭔가 해주거나 베풀지 않아도, 그 존재만으로 힘이 되고 위로가 되기도 한다.

남편이 힘들고 어려울 때 아내의 말 한마디에 힘이 불끈 솟아난다. 폭풍우가 쏟아지는 어두운 밤, 어린 딸에게 아빠가 옆에 있어 주는 것만으로도 단잠을 잘 수 있다. 아빠를 안아주며 "아빠는 최고야, 아빠가 내 아빠라서 자랑스러워요."라는 말 한마디에, 아빠는 세상을 다 가진 존재가 된다.

지금 힘들어하는 가족과 친구들이 있다면, 따뜻한 말과 함께 해주는 것만으로도 쉽게 지치지 않을 것이다. 사랑하고 아낀다면 이 정도는 누구나 할 수 있다.

04
단감 속에 사랑이 보입니다

보기에도 먹음직스러운 단감을, 고향에 계신 어머니께서 보내주셨다. 단감을 반으로 쪼개니, 하얗고 또렷한 하트가 떡하니 자리하고 있었다. 사랑의 모양이 아주 선명하게 보인다. 참 이상하고 신기한 모습이다.

지금까지 단감을 수없이 잘라 먹었지만, 이런 신기하고도 멋진 모습은 처음이다. 감도 사랑을 아는 걸까? 하트가 새겨진 감을 먹기가 아까워서 기념사진을 남겼다. 하트 때문인지 단감이 더 달고 맛이 있었다. 단감 속에 새겨진 하트를 보며, 더 사랑하고 섬기는 마음으로 살아야겠다는 생각이 들었다.

사람은 사랑할 때 가장 행복하고 아름답다. 우리의 말과 행동, 표정에 사랑이 묻어나 있으면 주위가 행복해진다. 하지만 사랑을 실천하기가 힘든 것은 사실이다. 조심해도 우리 속에 있는 못된 감정들이 불쑥불쑥 올라올 때가 많다. 살다 보면 알게 모르게 서로 상처를 주고, 상처를 받는다. 그러나 행복한 가정, 공동체, 직장을 위해서 우리도 사랑해야 한다.

사랑은 아름다운 사회를 만드는 디딤돌이다. 사랑은 특별함이 아니라 소소하고 작은 것으로도 충분히 표현할 수 있다. 힘들고 어려운 분들에게 따뜻한 말 한마디가 큰 위로가 될 수 있다. 함께 잡은 손, 어깨를 토닥이는 작은 행동들은 나의 사랑을 표현하는 좋은 방법이다. 단감도 사랑을 전하는데, 우리도 사랑을 전해 보자.

﹔05
좋은 것을 쌓아야 합니다

가을 나무 아래 낙엽이 무수히 쌓여 있다. 가을에 떨어진 낙엽이 썩으면 나중에 좋은 거름이 된다. 나무는 땅과 낙엽의 양분으로, 봄에 싱그러운 잎과 꽃을 피울 수 있다. 나무 아래에 낙엽이 쌓이듯이, 사람에게도 지식과 경험을 쌓으면 더할 나위 없이 좋다. 다만 본인이 가진 경험과 지식을 지나치게 자랑하는 건 자제해야 한다.

내가 습득한 것은 나 혼자서만 가져도 되지만, 내가 누군가에게 받았듯, 누군가에게 주는 것도 좋다. 우리 인생의 경험과 지식은 돈으로 환산할 수 없다.

인생의 경험은 다른 사람에게 전수할 때 가치가 드러난다. 누군가 나의 경험을 배운다면 그 사람은 나의 수십 년의 인생을 선물로 받는 것이다.

낙엽이 '쌓이면' 나무는 좋지만, 사람에게는 나쁜 감정이 '쌓이면' 좋지 않다. 좋은 감정은 쌓일수록 좋지만, 나쁜 감정은 빨리 풀어야 한다. 마음에 담고 있다고 해결되는 것이 아니다. 참다가 언젠가 뻥! 하고 터지는 날에는 자신과 다른 사람에게 상처를 주게 된다. 더 심각한 상황이 오기 전에 나쁜 감정은 속히 풀어야 한다. 푸는 방법은 사람마다 다르다. 그중에 폭음, 폭식과 같이 몸을 해치는 방법은 몸을 더 병들게 하는 지름길이다. 부정적인 방법을 제외하고 자신에게 가장 맞는 방식대로 풀어가 보자.

무언가 쌓여 간다는 말은 긍정의 의미도 있고, 부정의 의미도 있다. 이왕이면 긍정의 감정이 많이 쌓이면 좋겠다. 우리 인생에 영양분이 되는, 좋은 감정들이 쌓여 행복의 밑거름이 되면 좋겠다.

06

달팽이야! 조금만 더 힘내렴

작은 달팽이가 배수로 옆면에 붙어 있다. 가만히 지켜보니 달팽이는 아주 천천히 위를 향해 올라가고 있었다. 떼어서 위로 올려 줄까 생각하다, 벽에 딱 붙어 있어서 잘못 당기면 다칠까 봐 섣불리 도와주지 못했다. 그뿐만이 아니라 나의 어설픈 배려로 달팽이의 열심을 꺾을 수 없었다. 달팽이는 스스로 힘을 내어, 수로 옆 벽을 아주 천천히 올라가고 있었다.

가족과 이웃이 어려울 때 우리가 취할 수 있는 행동은 두 가지다. 적극적으로 도와주는 것과 그냥 지켜봐 주는 것이다. 도저히 가망이 없을 때는 발 벗고 나서서 도와주어야 한다. 그러나 조금만 노력하면 충분히 이겨낼 수 있다면 묵묵히 지켜보는 것도 좋다. 그때 도와주면 오히려 방해된다. 힘들어도 스스로 이겨내는 경험을 반복하면 성취감을 느끼고 새로운 도전 앞에서 자신감이 생긴다.

보통 부모들은 자녀가 힘들면 그 요구대로 무조건 다 해주려고 한다. 정말 자녀를 사랑한다면 때론 뒤에서 지켜보는 것도 좋은 방법이다. 부모가 평생토록 곁에서 자녀를 도와줄 수 없기 때문이다. 혼자 도전해서 이루는 경험은, 돈으로 살 수 없는 값진 재산이 된다. 나는 달팽이와 헤어지면서 응원의 말을 남겼다.

'달팽이야! 조금만 더 힘내렴. 바로 위야! 다 왔어!'

07

사이좋은 자라처럼

따뜻한 봄날 우로지 호수에 자라 두 마리가 너무나 사랑스럽게 장난을 치며 재미있게 놀고 있는 모습을 보고 사진을 찍었다. 물속으로 들어갔다가 올라오고, 앞서거니 뒤서거니 하며 물속을 헤엄쳐, 등위로 오르락내리락하며 지칠 줄 모른다. 엄마와 아기 자라인지, 친구인지, 연인인지, 형제인지는 알 수 없어도 사이가 좋아 보인다. 자라의 다정한 모습을 한참 동안 지켜보았다.

자라와 같은 다정한 모습이 요 근래에 얼마나 있었나 생각해 보니 없었다. 잠깐이나마 나를 돌아보는 시간이었다. 자주 만들어져야 하는데 생각보다 쉽지 않다.

우리가 사는 사회는 치열하게 생존경쟁을 하는 곳이다. 사랑과 관심으로 조화롭게 화합하기보다 늘 싸우고 분쟁한다. 정치, 경제, 문화 등 수많은 곳에서 항상 다투고 나누어지는 일들이 반복되고 있다. 하지만 올바른 생각을 하는 사람은, 자기만의 기준을 가지고 상대방을 판단하지 말아야 한다. 선입견을 품지 말고, 있는 그대로 상대방을 받아들여야 한다. 또한, 상대방이 나에게 오기를 기다리기보다는 내가 먼저 누군가를 도울 수 있는 용기를 가져보자. 먼저 손을 내밀면 나로부터 좋은 관계가 시작된다. 한 사람의 일생은 서로 사랑하며 살아도 모자라는 시간이다. 사이좋은 자라처럼 서로 이해하고 사랑하는 행복한 시간을 많이 만들어야 한다.

08
갈매기의 꿈

갈매기의 꿈은 1970년 전직 비행사였던 리처드 바크가 지은 책이다. 높고 넓은 하늘을 동경하며 비행하려고 노력하는 갈매기(조나단 리빙스턴)의 삶을 작가와 동일시했다. 수많은 시도 끝에 자신의 한계를 뛰어넘은 모습을 보여주면서, 쉽게 읽을 수 있도록 우화 형식으로 쓴 소설이다. 누나가 중학교 졸업 선물로 받은, '갈매기의 꿈'을 처음 접한 때는 어린 나이였지만, 책을 읽으면서 잔잔한 감동과 많은 도전을 받았다.

대부분의 갈매기는 자연의 법칙에 따라 거의 생계형이다. 하지만 조나단 리빙스턴은 평범한 갈매기가 아니다. 단지 먹이를 구하기 위해 하늘을 날지 않았다. 하늘을 나는 것 자체를 좋아했다. 조나단의 특이한 행동으로 다른 갈매기들로부터 왕따를 받고 무리에서 추방을 당하게 된다.

조나단은 의미 있는 삶을 살기 위해 평범을 뛰어넘은 갈매기이다. 결국 엄청난 노력을 통해 한계를 넘어, 자신만의 비행술을 터득하여 자신이 바라던 꿈을 이루게 된다. 작가는 '가장 높이

나는 새가 가장 멀리 본다'라는 유명한 말을 남긴다. 희망을 품고 있는 사람은 자신의 현실에 안주하거나, 남들이 만들어 놓은 틀에 갇혀 있지 않다. 자기만의 특별한 길을 걸어가는 사람은 다르다. 좋아하는 일을 하고 즐기는 사람은 누구도 당해내지 못한다. 푸른 하늘을 높이 나는 갈매기처럼 분명한 목표를 가지고 높이 날아보자.

; 09
해맑은 어린아이처럼 살 수 있다면

봄기운이 무르익을 때 등산을 하던 중, 산 밑에 자라고 있는 가시나무를 발견했다. 눈으로 보기에 가시가 부드럽게 보여 뾰족한 가시 끝을 손가락으로 밀어보았다. 가시가 손가락을 찌르지 못하고 구부러져 버렸다. 만약 몇 달이 지난 뒤 가시 끝을 손가락으로 밀었다면 손가락 끝에 가시가 박히고 피가 났을 것이다. 아직은 생긴 것만 뾰족해 보이지 실은 연하고 부드럽다.

national geographic 채널에 나오는 동물 영상이나 동물의 왕국 프로그램을 보면, 사자 같은 맹수의 새끼들도 금방 태어났을 때는 너무 예뻐 보인다. 사자나 호랑이 새끼도 강아지처럼 귀엽다. 그것도 잠시, 점점 자라면서 날카로운 이빨과 발톱이 드러나고 어느새 초식 동물의 가장 큰 적이 된다.

사람도 마찬가지이다. 세상 모든 아기는 귀엽다. 아기 때는 표정도, 말도, 행동도 순수하다. 자라면서 그 아이의 환경에 따라 생각과 모습이 달라진다. 사랑 받고 자란 아이는 주위에 행복을 선사한다. 반대의 경우에는 나쁜 언행을 배우고, 비속어를 쓰며, 위험한 행동을 해 주위사람에게 걱정을 끼치게 된다. 사람의 외

모는 세월이 가면 변한다지만, 중요한 건 내가 어떤 사람이 되는
지이다. 성품은 나이와 상관없이 본인 뜻대로 빚을 수 있다. 나이
가 들어 출세하고 자리가 높아져도, 날카로운 가시나 이빨과 발
톱을 무작정 드러내면 안 된다. 지혜롭게 상황을 대처해야 하지
만, 모든 사람이 해맑은 어린아이처럼 살 수 있다면 얼마나 좋을
까.

봄의 찬미

긴 겨울을 지나
따뜻한 봄바람이 불어오면
얼었던 대지가 기지개를 켭니다

생명의 푸른 새싹들이 살며시 올라오면
아지랑이가 저만치 앞서나가
봄을 기다립니다

노오란 민들레의 미소와
연분홍의 화려한 매화꽃
순백의 고결한 목련도 피어납니다

나무 위에 새들도 봄을 노래하고
앙상한 가지들이 봄의 싹을 틔울 때
봄의 언저리에서 생명의 호흡을 느낍니다

봄의 향기가 콧등을 스치고

봄 내음이 내 마음에 와닿습니다.

이젠 정말 봄입니다

이 봄날에 소망을 노래하게 하옵소서

우리의 소망이 꽃이 되고 향기가 되는

아름다운 봄날 되게 하소서.

+++++++ +++++++

인생은 함께 가는 길입니다

++++++++++++++++++++

01

잔디밭 전시회

강변 산책로 잔디밭에 돌 그림 작품 전시회가 열렸다. 14개의 돌에 알록달록한 작품이 그려져 있었다. 아쉽지만 작가의 이름도 나이도 알 수 없었다. 그림으로만 추측하면 어린아이 작품으로 보인다. 나름대로 심혈을 기울여 작품을 그린 것처럼 보였다. 지나가는 사람들이 작품들을 한 번에 볼 수 있도록 한곳에 모여 있었다. 세심한 배려가 느껴진다. 나는 사진을 찍고 작품 하나하나를 자세히 살폈다.

작가가 없어서 작품에 대한 설명을 들을 수 없다는 점이 안타까웠다. 잔디밭이라 돌을 쉽게 구할 수 없는데 아이가 하천에서

주워왔거나 부모님이 구해주신 것 같다. 대부분 작품의 내용을 쉽게 이해할 수 있었지만, 몇몇은 작가만이 설명할 수 있는 추상적인 그림도 있었다. 이해되지 않은 작품은 보는 사람이 알아서 감상하면 될 것 같다. 집과 나무도 있고, 친구도 그려져 있다. 아이의 순수한 생각이 돌에 잘 나타나 있었다.

어린아이처럼 순수했던 시절에는 순수한 인생만 그려왔다. 하지만 세월이 가고 나이가 들어감에 따라 색이 어두워지고 점점 퇴색되어간다. 어릴 적 순수함이 어른이 되어도 남아 있다면 얼마나 좋을까? 잔디밭 어린아이의 작품을 보면서 나의 인생 이야기를 솔직하고 아름답게 그리며 살아가기를 다짐했다.

;02

바위와 담쟁이

공원이 새롭게 조성되면서 이름 모를 낯선 바위가 이곳으로 이사를 왔다. 바위는 이곳보다 산에서 나무와 함께 있어야 풍경이 조화롭다. 그런데 공원의 입구에 떡하니 버티고 있었다. 외롭고 고독한 시간이 흐르고 담쟁이가 바위를 찾아왔다. 이제 바위는 외롭지 않다. 담쟁이는 오랫동안 홀로 있었던 바위를 감싸고 덮어주었다. 여름의 뜨거운 태양과 장맛비, 겨울의 차가운 바람에도 서로 의지하는 모습이 아름답다. 담쟁이도 자신의 몸을 붙이고 자랄 수 있는 든든한 바위가 있어서 든든하다. 담쟁이는 단단한 바위를 감고 올라간다. 폭풍우에 나무와 꽃이 꺾이고 떨어질 때 담쟁이는 염려할 필요가 없다.

담쟁이의 푸른 잎이 바위와 잘 어울린다. 바위도 혼자 있을 때보다 더 멋있게 보인다. 이제 바위는 전혀 외롭지 않다. 담쟁이와 바위는 정말 잘 만난 것 같다. 요즘은 각자 사정에 따라, 혼자 밥 먹는 사람들이 많다. 고독이 이 시대의 가장 치명적인 질병이라면, 인생에서 외로움은 절망이다. 힘들고 어려울 때 위로받을 사람이 없고, 기쁨과 감사를 나눌 수 없다면, 내 옆에 자리 하나쯤 만들어보는 것이 어떨까. 바위와 담쟁이처럼 마음을 나누며 함께 살아보자.

;03

장기(將棋)에서 인생을 배우다

장기는 청(靑) · 홍(紅)이 말을 사용하여 상대편의 장(將)을 취함으로써, 승패를 가리는 동양의 전통적인 진법(陣法)놀이다. 장기에는 불문율이 있는데 훈수 사절, 일수불퇴이다. 장기판에서 훈수했다가 싸우는 일도 가끔 있다. 장기에서는 車(차). 包(포). 馬(마)가 중요하다. 하수는 車에 의존하지만, 고수들은 車에 의존하지 않고 모든 군사를 잘 사용한다. 어떤 사람은 包를 잘 사용해서 包가 양 진영을 뛰어넘으면서 상대편 말들을 다 잡아먹는다.

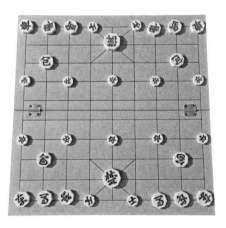

象을 잘 쓰는 사람은 象을 전면에 배치해서 진군해오는 적들을 멀리 뛰어 먹는다. 馬를 잘 사용해서 말처럼 열심히 달려 상대편을 공격한다. 때로는 밀고 올라오는 卒(졸)의 위력이 대단하여 가끔 외통수를 막기 위해 車와 卒을 바꾸기도 한다.

우리도 장기판의 말들과 같다. 말들은 각자 주어진 기술대로 사용된다. 고수들이 잘 사용하는 말들이 다른 것처럼, 사람마다 호불호가 있다. 다른 사람에게 통해도 나에게는 안 맞을 수 있다. 뿐만 아니라 우리는 편해 보이는 車와 包만으로 살 수 없다. 나에게 소중한 車와 상대방의 卒을 바꾸는 때도 있다. 더 나은 선택을 위해서라면 희생을 감수해야 한다. 굳이 車와 包가 없어도 馬와 象, 卒로도 잘할 수 있다.

가수 남진의 노래 '너 말이야'에서 보면 '인생사 차 떼고 포 떼고 살아도 나를 봐 항상 웃고 살잖아'라는 가사가 나온다. 우리 인생에 車와 包가 없어도 馬. 象. 卒을 잘 다룰 수 있도록 연습과 훈련을 해야 한다. 어느 순간 車와 包가 없이 馬. 象. 卒을 사용할 일들이 생길지 모르기 때문이다. 자신의 인생을 위해서 잘 준비하고 자신에게 맞는 것을 잘 사용해야 한다. 그래야 인생의 외통수(-通手)를 만나지 않는다.

; 04
자두의 추억

시골에 계신 장인께서는 자두를 해마다 보내 주신다. 빨간 자두를 맛있게 먹다가 문득 어릴 적 추억이 떠올랐다. 동생들과 함께 친구들과 하는 게임에 참여한 적이 있다. 우선 넓은 대야에 물을 담고 그 속에 자두를 넣어둔다.

한 명씩 물속에 얼굴을 넣어 자두를 찾아 입에 물고 달려오면, 한 사람의 역할이 끝나는 게임이다. 절대 손을 사용해선 안 된다. 그리고 머리를 물에 넣었다가 빼면 자두를 입에 넣지 못해도 돌아와야 했다. 자두를 입에 넣으려다 시간이 오래 걸려 그냥 돌아온 적도 있었다. 막냇동생은 먼저 순서를 마쳤지만, 자두를 먹지 못하고 울고 있었다. 그 모습을 본 나는 막냇동생에게 자두를 꼭 먹이고 싶었다.

드디어 내 차례가 되었다. 나도 먹고 막냇동생도 먹으려면, 입 속에 자두 두 개를 넣어야만 했다. 하지만 초등학생 몸집으로 작은 입속에 자두 두 개를 넣기가 쉽지 않았다. 물속에서 자두 하나를 찾아 입에 넣고 나니 숨이 차올랐다. 물 밖으로 머리를 들어 올리면 자리로 돌아가야 한다.

억지로 숨을 참고 또 하나의 자두를 가까스로 입에 넣었다. 우리 팀은 내가 늑장을 부린다고 뒤에서 고함을 쳤다. 심지어 막냇동생은 다른 팀이었다.

팀의 승리보다 동생에게 자두를 구해다 주는 것이 더 중요했다. 입에 넣었던 자두를 꺼내어 한 개는 내가 먹고 한 개는 막냇동생에게 주었다. 큰형의 입에서 나온 자두였지만 막냇동생은 맛있게 먹었다. 울음을 그치고 맛있게 자두를 먹는 동생의 모습을 보니 고생한 보람이 있어 좋았다.

❯ 05

함께 어울려

호수 둑에 잔디와 여러 종류의 야생 꽃들이 사이좋게 잘 자라고 있다. 서로 비슷한 높이의 풀과 꽃들이기에, 누가 크고 작은지 견줄 필요가 없다. 그 말은 누가 잘 났는지 더 예쁜지 비교할 필요가 없다는 말이다. 그렇기에 서로 눈치 볼 필요도 없다. 그런데 어느 날 갈대가 불쑥 솟아났다. 갈대는 성장 속도가 빨라서 누구보다 먼저 눈에 띈다.

다른 풀들에 비해 키도 크고 잎도 길쭉하여 혼자 잘나 보인다. 원래 갈대밭은 호수 너머 둑에 있는데, 씨앗이 바람을 타고 날아와 이곳에서 정착하게 된 것 같다.

사람들이 모여있는 공동체에서 갈대와 같은 사람이 간혹 있다. 사람들과 어울리지 못하고 자기 혼자만 잘난척한다. 언제나 특별대우를 받고 싶어 하고, 자기를 인정해 주어야만 만족하는 사람이 있다.

이런 사람이 리더라면 공동체에 심각한 결과를 가져올 것이다. 특히 직장동료 중에, 이런 사람이 있으면 정말 힘들고 피곤하다. 나도 겪어봤기 때문에 충분히 공감한다. 공동체에서는 혼자 잘난 것보다, 함께 어울리면서 서로 맞춰가야 한다. 나 혼자 잘 되기보다, 모두가 함께 잘 돼야 한다. 혼자 우뚝 솟아있는 갈대를 보면서 많은 생각을 했다.

; 06
불편한 동거

　나팔꽃 줄기가 나뭇가지를 타고 올라왔다. 그런데 상대를 잘못 골랐다. 하필이면 가시나무였다. 나팔꽃과 가시나무의 불편한 동거가 시작되었다. 평소에는 괜찮지만, 비가 내리거나 바람이 불면 나팔꽃은 가시에 찢어지거나 상하게 된다. 나팔꽃은 이것을 감수해야 한다. 나팔꽃은 식물의 몸통 위로 감아 올라가는 특성이 있다. 나팔꽃이 싹을 틔웠을 때, 주변에는 가시나무밖에 없었다. 어쩔 수 없이 가시나무에 올라가야만 했다.

　나팔꽃도 차선의 선택을 했는데, 하물며 나조차 마음대로 행동하고, 하고 싶은 말을 다 하고 살 수 있을까. 모든 사람이 나와 마음이 통하고 같은 생각이라면 얼마나 좋을까. 하지만 가끔은 불편하고 부담스러운 사람들과 함께해야 할 때가 있다. 이때 꼭 기억해야 할 것은 서로를 배려하는 마음이다. 한 사람의 일방적인 희생이 아니라 서로의 배려가 있어야 한다.
　가시나무도 나팔꽃 덕분에 바람에 쉽게 꺾이지 않을 것이다. 나팔꽃 수명이 다하고 떨어질 때까지 가시나무와 잘 공존하길 바라는 마음이다.

; 07

비가 오면 보입니다

척박한 자갈땅, 단단한 아스팔트 도로는 영원히 변치 않고, 그대로일 것 같았다. 그러나 수많은 사람이 걸어 다니고, 수천 대의 자동차가 굴러다니면, 단단한 땅과 아스팔트 도로에도 상처가 생긴다.

날씨가 화창하고 햇빛이 비치는 날에는, 길에 상처가 잘 보이지 않는다. 사람들은 매일 그곳을 걸어 다니면서도 잘 알아채지 못하고 지나간다. 먹구름이 몰려오고 비가 내리면, 도로에 움푹 파였던 곳에 물이 고이게 된다.

길에도 상처가 있었다. 우리가 잘 보지 못했던 길의 상처가 멀리서도 잘 보였다.

상처와 아픔이 없는 사람은 아무도 없다. 사람마다 상처를 잊기 위해서 무단한 노력을 들인다. 필요에 따라 성격을 바꾸고, 취미생활을 통해 삶에 다양한 변화를 준다. 아픔과 상처를 기억나게 하는 장소와 물건을 멀리한다.

비가 오면 길의 상처가 드러나는 것처럼, 인생의 상처도 우연히 그리고 갑자기 생각난다. 우리는 가끔 사랑하는 사람들의 상처를 발견할 때가 있다. 많이 사랑하면 상처와 아픔이 보인다. 인생의 물이 고여 상처가 보일 때, 도와주고 치료해 주어야 한다. 비가 그치고 물이 마르면 상처가 잘 보이지 않기 때문이다.

; 08

때로는 업혀 가도 괜찮아!

자동차를 운전하여 도로를 달리고 있었다. 빨간불 신호에 정차하고 기다리는데 앞에 1t 트럭이 레커차에 실려 가고 있었다. 고장이 났을까 접촉사고가 났을까 궁금했지만, 트럭의 앞부분이 보이지 않아 알 수 없었다. 이유야 어찌하든 자동차는, 자동차 정비소에 갔다 오면 깨끗하게 수리할 수 있다. 잠깐 운행하지 못하더라도 수리하고 나면 원래 모습으로 잘 달릴 수 있다.

사람도 마찬가지이다.
평생 잘 나갈 수는 없다.
평생 건강하게도 살 수 없다.
모든 것을 나의 힘으로만 살 수는 더더욱 없다.
때로는 어려움과 고난이 있다.
육신의 질병에 걸려 다른 사람의 도움을 받을 때도 있다.

내가 힘들 때 위로하고 도와주는 사람이 있으면 참으로 행복하다. 위로와 도움이 될 만한 사람에게 어깨를 기대어도 된다. 업혀 가도 부끄러운 일이 아니다. 지금은 업히지만, 빨리 회복하여 받은 사랑의 은혜를 갚으면 된다. 지인의 아내분이 평생 가정을 위해 수고하다가 병에 걸리셨다. 거동이 조금 불편한 삶을 살고 있는데, 자기 남편의 말에 감동했다며 나에게 들려주었다.

"여보! 당신이 가정과 나를 위해서 평생 수고했는데, 이제 내가 당신의 손과 발이 되어줄게. 이제 나에게 기대도 돼!" 가정을 위해 평생 수고한 아내에게 가장 위로가 되는 말이었다.

항상 준비하는 인생

어릴 때부터 산에 오르는 것을 좋아했다. 친구들과 놀러 가기
도 하고, 소를 먹이러 많이 올랐었다. 지금도 가끔 가족과 함께
산에 오른다. 산을 오르고 내릴 때 어느 쪽이 힘이 들까? 어떤 사
람들은 산에 오르는 것이 힘들다고 한다. 하지만 정말 힘들고 조
심할 때는 하산할 때이다. 많은 산악 사고는 근육의 긴장이 풀리
는 하산하는 과정에서 가장 많이 일어난다.

우리가 성공해서 한없이 올라갈 때도 있지만 항상 정상의 자리에 머물 수 없다. 언젠가 높은 자리에서 내려와야 할 때가 온다. 애쓰고 수고해서 성공할 때가 있으면, 모든 것을 내려놓고 조심해서 내려올 때도 있다. 지혜로운 사람은 인생의 올라갈 때와 내려옴의 때를 잘 알고 있다.

하늘을 나는 비행기가 땅에 내려오는 방법은, 착륙과 추락 두 가지가 있다. 착륙은 자신이 원하는 장소와 시간에 내릴 수 있지만, 추락은 의도와 다르게 엉뚱한 곳에 떨어진다. 착륙은 안전하게 내린 뒤 내일을 준비할 수 있지만, 추락은 불행하게도 내일이 없다.

스스로 깨뜨리면 '병아리'가 되지만, 남이 깨뜨리면 '프라이'가 된다는 말이 있다. 작은 달걀이지만 깨어지는 방법에 따라서, 생명이 잉태되기도 하고 한입 먹거리가 되기도 한다.

다른 사람이 나를 깨도록 하면 안 된다. 우리는 무슨 일을 하든지 최선을 다해야 한다. 어떤 상황에서든지 잘 준비하면 성공 인생을 살 수 있다.

;10

벼야! 이제 누워도 돼

작은 볍씨가 초록의 싹을 틔워
차가운 물 속에 심어질 때
참 외롭고 서글펐겠다

물논에 뿌리를 내리고
죽을힘을 다하여 잎을 자라게 하고
작은 벼 알맹이가 맺힐 때, 그때 기분 어땠니

뜨거운 태양과 강한 태풍도 견디고
웬수같은 병충해도 이겨내고
허리까지 물이 오르는 장마도 잘 참았다

네 머리에 누런 황금알들을 내려놓고
모든 것을 내어 준 홀가분한 너의 모습
벼야! 수고했어 마음 놓고 누워도 돼

part

3

+++++++ +++++++

가까이에서 보면 보입니다

++++++++++++++++++++

01

높은 자리에 있을 때 잘해야 합니다

평소에 우로지 호수를 산책하면, 키 높이만큼의 낮은 경치만 보았는데, 높은 곳에 올라와 보니 전혀 다른 풍광을 볼 수 있었다. 그동안 큰 건물에 가렸던 작은 나무, 건물, 논과 밭도 모두 보였다. 아파트 주변이 더 멀리 보이고 더 넓은 경치를 느낄 수 있었다.

높은 곳에 오르면 더 많은 것을 볼 수 있듯이, 사람 관계에 있어서도, 넓은 시선으로 전체를 볼 줄 알아야 한다. 살다 보면 출세하거나 높은 자리에 오를 수도 있다. 높은 자리는 힘을 사용하여 약자를 누르거나, 자기의 욕심을 채우는 자리가 아니다.

특히 조직이나 공동체의 리더는 멀리 보고, 넓게 보고 전체를 보아야 한다. 높은 자리에서 보았던 것을, 낮은 자리에 있는 사람들에게 알려 주는 것이 리더의 임무이다. 자신이 바라본 꿈과 비전을 함께 공유하며, 함께 성장해야 한다.

가끔 산이나 높은 빌딩에 올라 세상을 내려다보면, 평소에 내가 놓쳤던 것을 발견하게 될 것이다. 낮은 자리에서 볼 수 있는 세심함과, 높은 자리에서 볼 수 있는 지도력이 합치면 큰 시너지가 발생할 것이다.

02

누군가의 마중물이 되었으면

어릴 때 고향 집에 펌프가 있었다. 수도가 놓이기 전까지 펌프
는 물을 얻는 가장 최고의 도구였다. 땅을 깊이 파고 그곳에 쇠
파이프를 깊이 내리고 땅 위에는 펌프를 설치한다. 펌프 안에 고
무 패킹이 새것이면, 물이 펌프 안에 고여 있어 마중물이 필요
없었다. 그러나 패킹이 닳으면 물이 우물 속으로 다 흘러내려, 마
중물이 꼭 필요하다.

물을 끌어 올릴 때마다 한두 바가지의 물을 펌프 안에 부어야 했다.

한 바가지의 물이 우물 속에 있는 시원한 물을 끌어 올리는 마중물이 된다. 동생은 바가지로 물을 붓고, 나는 열심히 펌프질 하던 기억이 난다. 아무리 목이 말라도 한 바가지의 마중물이 있어야 시원한 물을 마실 수 있다. 절대 땅속 물이 저절로 나올 수 없다. 한 바가지의 물이 수고롭게 마중을 나가야, 비로소 물을 끌어 올릴 수 있다.

한두 바가지의 마중물이지만, 한번 올리기 시작하면 그보다 많은 물을 원하는 만큼 퍼 올릴 수 있다. 우리도 마중물과 같은 사람이 되어야 한다. 사람이 아무리 잘나도, 분명 혼자서 할 수 없는 일이 있다. 우리가 마중물의 역할을 맡으면, 누군가는 힘들 때 위로가 되고 힘이 된다. 내가 지금은 다른 사람의 마중물이지만, 내가 힘들 때 누군가 나의 마중물이 될 수 있다.

03

뒷모습이 보인다면

사람의 앞모습은 얼마든지 꾸미고 바꿀 수 있다. 하지만 뒷모습은 감출 수 없다. 언젠가 고향에 갔을 때 엄마가 집 앞 텃밭에서 쪼그려 앉아 일하고 계셨다. 엄마가 일하시는 뒷모습을 정말 오랜만에 봤다. 예전의 든든하고 당당한 뒷모습이 아니었다. 이제는 인생의 세월과 수고를 몸소 겪으신, 작고 왜소한 시골 할머니의 뒷모습이었다. 엄마는 자신의 뒷모습을 남편과 자녀들을 위해 내어놓으셨다. 엄마의 뒷모습이 가릴 수 있도록 더 효도해야겠다. 글을 쓰는 지금도 엄마의 뒷모습이 기억나서, 죄송한 마음에 코끝이 시큰해지고 눈물이 난다.

언젠가 텔레비전 강연 채널에서 강사는 '자신이 사랑하는 사람의 뒷모습이 보이기 시작하면, 그때가 바로 진실한 사랑의 시작'이라고 말한 적이 있다. 어느 날부터 아내의 뒷모습이 보이기 시작했다. 내 눈에 보인 아내의 뒷모습은 20대 후반 새색시의 모습이 아니었다. 뒷머리에도 새치가 있고 어깨에 왠지 힘이 빠진 것 같은 모습, 가족을 위해서 수고한 흔적이 있는 중년 여인의 모습이었다. 가족을 위해 맛있는 식사를 준비하는 뒷모습, 빨래하는 뒷모습, 집 안 청소를 하는 아내의 뒷모습이 보였다. 감기몸살로 일주일가량 고생하며 누워있던 아내의 뒷모습을 보았을 때 마음이 매우 아팠다. 아내에게 감기약을 사다 주며 살펴서 손을 잡아 주며 감사하다고 말했다.

이제라도 아내의 뒷모습을 볼 수 있어 좋다. 어려운 형편 가운데 불평하지 않고 자신의 뒷모습을, 남편과 두 딸을 위해 내어놓은 아내의 사랑에 감동한다. 이제는 내가 아내의 뒷모습을 가려 주는 남편이 되어야지.

; 04

땅속이 아니라면

뒷산에 가면 유독 바위와 돌이 많은 땅이 있다. 이곳에서 자라는 나무와 풀은 많은 어려움을 겪는다. 우연히 발견한 나무 아래에는 돌과 바위가 많이 있었다. 나무는 땅속으로 깊이 뿌리를 내려야 비와 바람에도 튼튼히 서 있을 수 있다. 반면에 뒷산은 나무가 뿌리를 내리기에 너무 딱딱하고 척박하다. 땅속에 잔뿌리 몇 개만 내린다면 나무의 무게를 버티지 못하고 바람에 쉽게 넘어간다. 뿌리가 깊이 내리지 않으면 충분한 수분이 공급되지 못하고 성장을 할 수 없다.

보통은 얼마 못 가 죽어버리지만, 이 나무는 스스로 포기하지 않았다. 땅속이 힘들면 땅 위에서라도 뿌리를 뻗어 나가는 모습이 대단해 보였다. 땅 위로 나온 뿌리는 마치 공포 영화에서 무엇을 삼키는 모습처럼, 긴 뿌리가 바위를 넘어서 땅속을 향하고 있었다. 정말 나무의 생명력과, 강한 도전정신에 감동했다.

우리가 하는 일이 다 잘 된다면 세상에서 실패할 사람은 아무도 없다. 어려운 일이 생기면 포기하기보다 다른 방법으로 도전하면 된다. 지름길이 막히면 시간에 걸려도 돌아가면 된다. 앞이

막히면 뒤를 보면 되고, 앞뒤가 막히면 위쪽에 있는 길을 보면
된다. 땅 위에 뿌리를 뻗는 나무를 보면서 생각나는 글귀가 있었
다.

절대로 포기하지 마라. 'never ever give up'

; 05
두려움을 받아들여라

우리의 인생은 두려움의 연속이다. 태아는 엄마의 뱃속에서부터 생존을 위한 도전이 시작된다. 산모의 진통과 함께 태아도 출산의 고통을 겪고, 태어나도 끊임없는 도전을 해야 한다. 스스로 몸을 뒤집고, 걷기 위해서는 넘어지면서도 일어나는 두려움을 극복해야 한다. 수준 있는 삶을 위해 대소변을 가려야 하는 인내를 감내해야 하고, 어린이집에서 시작한 작은 사회부터, 대학교와 직장생활을 하기까지, 만만한 것이 하나도 없다. 이 모든 것은 '도전 인생'을 위해 이겨내어야 할 디딤돌이다.

인생은 내 뜻대로 되지 않는다. 분명 장애물이 생기고 내가 잘할 수 있을까? 끝까지 견딜 수 있을까? 하는 의심이 생긴다. 이건 누구에게나 다 있는 정상적인 마음이자 누구나 겪는 감정이다. 세계적인 광고회사 옴니콤 그룹의 계열사 DAS의 CEO인 토머스 해리슨은 이렇게 말했다. "두려움은 극복하는 것이 아니라 받아들이는 것이다"

우리는 자신의 의지로 두려움 자체를 멀리할 수 없다. 하나의 두려움을 물리치면 또 다른 두려움이 나타난다. 두려움은 우리가 살아가는 주변에 항상 있다. 두려움은 익스트림한 환경에도 있지만, 일상에도 항상 존재한다.

두 딸과 '영천 보현댐 집라인'을 타러 간 적이 있다. 국내에서 두 번째로 긴 집라인이다. 집라인은 긴 외줄을 타고 높은 보현산을 지나서 밭과 논, 도로를 가로지르고 보현댐을 건너야 종착점에 목적지에 도착한다. 고소공포증이나 두려움이 있다면 절대로 탈 수 없다.

집라인도 이러한데 우리 인생이야 말할 것도 없다. 두려움은 자유로운 생각과 행동을 하지 못하도록 우리의 마음과 몸을 굳어지게 만든다. 하지만 두려움이 다가올 때 피하기보다, 인정하고 받아들여야 한다. 그럼 한결 마음이 편해질 것이다.

때론 실패할 때도 있지만, 그때마다 많은 것을 배우게 된다. 우리의 할 일은 두려움을 받아들이고 도전하는 일이다.

06

우산으로 구름을 걷어내다

먹구름이 몰려와 비가 내리는 동안 우산을 쓰고 호수를 걸었다. 잠시 후 햇빛이 나오더니 이내 다시 먹구름이 몰려와 주변을 어둡게 만들어버렸다.

답답한 마음에 손에 들고 있던 우산을 하늘로 올려 먹구름을 치워보려 했다. 카메라로 초점을 조정하면 마치 우산 끝이 먹구름에 닿은 것처럼 보인다. 먹구름이 물러갈 때 우산을 움직이니 진짜 먹구름을 걷어내는 것처럼 보였다. 이렇게 엉뚱한 행동을 한 이유는 먹구름이 물러간 밝을 하늘을 보고 싶어서이다.

속담에 '손바닥으로 하늘을 가리기'가 있다. 아무리 숨기려고 해도 소용없음을 이르는 말이다. 비슷한 속담으로 '눈 가리고 아웅 한다'가 있다. 얕은 수단으로 남을 속인다는 뜻이다. 불리한 상황에 대해 임기응변으로 대처하지만, 정작 자기 뜻을 이룰 수는 없다. 손바닥으로 자신의 눈을 가리면 하늘은 보이지 않는다. 눈이 가려진 것이지 하늘이 사라진 것은 아니기 때문이다. 이것이 우리가 인정해야 할 한계이다. 살다 보면 자신의 힘으로 감당할 수 없는 것이 분명히 있다.

나는 무슨 일이든 최선을 다하려는 성격 탓인지 '진인사대천명'(盡人事待天命)이라는 한자를 좋아한다. '사람이 할 수 있는 일을 다 하고서 하늘의 뜻을 기다린다'는 뜻인데, 삶의 바른 자세를 가르쳐주는 귀한 글이다. 힘들고 어렵지만 포기하지 말고 자신의 삶에 최선을 다하는 것이 정말 아름답다. 그 후에 하늘의 뜻을 기다리면 된다. 이것이 인생에서 행복을 찾는 답이다.

07
매미처럼

매미는 여름 동안 나무에 붙어서 노래하는 곤충이다. 길을 가다 아파트 벽에 붙어서 계속 울어대는 매미를 발견했다. 근접 촬영했는데도 움직이거나 날아갈 생각을 하지 않았다. 곤충학자들은 전 세계에는 매미가 2천~3천 종이 있고 우리나라에는 15~27종의 매미가 있다고 말한다. 매미는 땅속에서 굼벵이로 수년(3~5년 이상)을 살다가 나와서 겨우 2~3주밖에 살지 못한다. 어쩌면 짧은 여름, 자신에게 주어진 시간을 아는 것처럼 힘차게 울어대는 것 같다.

매미가 우는 모습을 자세히 보면, 엉덩이를 실룩실룩 흔들면서 힘차게 울어 댄다. 매미가 시끄럽게 울어도 짧은 시간이 못내 아쉬워 더 우는 것이다. 어릴 때 실력으로 벽에 붙어있는 매미를 손으로 잡았다. 매미가 얼마나 서럽게 우는지 곧 날려 보내주었다.

2~3주를 사는 매미에 비하면 사람에게 허락된 시간은 매우 길다. 사람은 매미에게 배워야 한다. 사람들은 자신에게 주어진

시간을 너무 쉽게 보내고 있다. 한 시간, 한 시간이 참 귀하다. 같은 24시간이 주어져도, 사람마다 활용하는 방법이 다르다. 24시간을 48시간처럼 효율적으로 사용하는 사람이 있는가 하면, 무의미하게 보내는 사람도 있다. 보통 개미에게 배울 것이 있다고 말하지만, 매미에게도 배울 점이 있었다. 만약 매미처럼 2~3주밖에 살 수 없다면, 시간에 관한 생각이 달라질 것이다. 지금도 나의 시간은 흘러가고 있다.

08

물오리들의 싱크로나이즈드

싱크로나이즈드(Synchronized Swimming)가 있다. 수영과 발레, 음악이 어우러져 수중 발레 또는, 예술 수영으로도 불리는 종목이다. 날씨는 쌀쌀했지만 조깅하기 위해 우로지 호수로 나갔다.

호수를 응시하다가 얼음이 얼지 않은 곳에서 물오리들의 특별한 행동을 보았다. 마치 싱크로나이즈드를 하는 것 같았다. 너무 신기하고 재미있어 사진을 찍었다. 우로지 호수를 오래 다녔지만 이런 진귀한 모습은 처음이다.

물오리들의 싱크로나이즈드는 메달을 따기 위해서가 아니라, 물속의 풀을 먹고 작은 물고기를 잡아먹기 위해서다. 그러기 위해서 머리를 물에 넣고 다리를 세우는 자세를 하는 것이다.

사람이나, 동물이나, 식물이나 살아가는 특별한 재능과 은사가 있음을 발견했다. 우리가 흔히 보는 '잡초' 풀이 있다. 잡초의 생명력은 대단하다. 밟히고 뽑혀도 끈질기게 살아난다. 잡초는 관리해주는 사람이 없기에 스스로 이겨내야만 생존할 수 있다. 물오리들이 물속에 머리를 넣고 먹이를 구하는 것처럼, 우리도 각자에게 주어진 재능을 잘 찾아내면 좋겠다.

다른 사람의 재능을 보고 부러워하기보다는, 자신만의 강점과 장점을 살려야 한다. 손과 볼이 시려서 견딜 수 없을 때까지 물오리들이 싱크로나이즈드를 보았다. 추운 날씨였지만 물오리들에게 한 수 배우는 시간이었다.

09

물이 능히 돌을 뚫는다

사자성어 가운데 수능천석(水能穿石)은 물이 능히 돌을 뚫는다는 뜻이다. 수능천석을 처음 배운 것은 중학교 한문 수업 시간이었다. 선생님께서 '수능천석'이라 적으시고, 너희들의 작은 도전이 앞으로 큰 역사를 이룰 것이라고 말씀하셨다. 어떻게 물이 돌을 뚫을 수 있는가? 물론 한 번으로는 되지 않는다. 오랜 시간과 세월에 걸쳐서 같은 곳에 물방울이 떨어질 때 가능하다.

다리 밑에는 물이 떨어지는 작은 쇠로 만든 관이 있다. 다리의 물이 한 방울씩 아스팔트 산책로에 떨어졌다. 긴 시간 동안 떨어진 물은 도로를 파내었다.

책에서 배운 '수능천석'의 현장을 직접 보게 된 셈이다. 우리는 매일 반복되는 일상을 습관적으로 살아간다. 하지만 새로운 작은 일과 도전이 모이면 큰일을 이룰 수 있다.

우리 집은 돼지 저금통에 동전을 모은다. 언제 다 채우나 생각했지만, 어느 날 저금통에 동전이 가득 찬 것을 볼 수 있었다. 여름 가뭄에 바닥을 드러내었던 호수도 작은 빗방울이 모여 넘쳐

흐른다. 하루에 영어단어 하나, 한자 한 글귀, 매일 30분의 운동, 매일 쓰는 글들이 쌓이고 모이면 인생의 재산이 된다. 작은 도전이 모이면 힘이 되고 인생의 보물이 된다. '수능천석'은 우리의 인생에서 이루어야 할 숙제이다.

; 10
___

내가 뭐랬나 이게 무슨 꼴인가

땅속 깊이 뿌리를 내리라고

내가 누누이 말하지 않았나

내 말을 무시하더니

이게 웬 꼴인가

내가 아니었으면 어쩔뻔했나

나도 어깨가 아프니

이제 그만 일어나게

인생은 열정입니다

+ + + + + + + + + + + + + + + + + +

01

가득 차고 넘침같이

여름 장마로 우로지 호수의 물이 가득 차서 넘쳐흐르고 있다. 많은 물을 저장하지 않으면 흘려보내고 싶어도 줄 수 있는 물이 없다. 하지만 빗물이 호수에 가득차면 얼마든지 필요한 곳에 물을 흘려보낼 수 있다.

우리의 삶도 비슷하다. 자신에게 있는 것을 다른 곳으로 흘려보낼 수 있다. 세월이 가고 나이를 먹는다고 모두가 성숙한 사람이 되는 것은 아니다. 결혼하고 아이를 낳는다고 해서 좋은 부모가 되는 것도 아니다. 바른 인격의 사람, 좋은 부모가 되기 위해서 늘 배우고 노력해야 한다.

호수에 물을 가득 채우는 것처럼, 자신의 인생을 통해 많은 경험과 지식을 채워야 한다. 항상 준비된 사람은 언제든지 필요한 사람들에게 줄 수 있다.

하지만 사람은 한 번으로 모든 것을 채울 수 없다. 작은 빗방울이 모여 호수를 가득 차게 하는 것처럼, 인생의 부족함을 채우려는 열정이 필요하다. 배우면서 채워나가지 않고, 나에게 있는 것만 퍼서 나누어준다면, 금방 바닥이 드러날 것이다.

우리는 계속 채워 나가야 한다. 세상은 넓고 할 일은 많다. 배우고 준비된 사람, 자신의 인생을 날마다 채워나가는 사람이 진정한 주인공이 될 수 있다. 넓은 호수도 작은 빗방울로 채워지는 것을 기억하자. 물이 가득 차서 호수가 넘쳐흐르듯이, 다른 사람에게 줄 수 있는 인생이 되기 위해서 날마다 채워 가야 한다.

❥ 02
가을 들녘처럼

가을이면 흔히 볼 수 있는 들녘의 모습이다. 영천은 도시와 시골이 공존하는 곳이라 도시에 살면서, 논과 밭을 볼 수 있다. 사진 속에는 푸른 하늘 아래 일을 마치고, 논 위에 편히 뉘어 있는 벼가 보인다. 벼가 이렇게 되기까지 참 힘든 시간이 있었다. 올봄 작은 볍씨의 싹을 틔워 논에 심기고 40도를 오르내리는 날씨를

견뎠다. 긴 여름 장마와 태풍을 이겨내고 거둔 아름다운 결실이다. 벼는 마지막 한 알까지 아낌없이 다 내어주고 지금 짚이 되어 땅에 누워있다.

가을의 푸른 하늘과 흰 구름을 보면 마음이 참 편안한데, 논에 누워있는 벼를 보고 있으면 마음 한구석이 아려온다. 논에 뉘어 있는 벼들은 조금 더 지나면 큰 더미로 말려서 소의 여물이나 거름이 된다.

고개 숙인 벼를 통해 겸손을 배우고, 자신의 모든 것을 내어놓는 숭고함을 배운다. 벼의 새싹처럼 푸르고 싱싱했던 날이 있듯이 열심히 살아가는 젊었던 때가 있었다. 그리고 언젠가는 벼처럼 모든 것을 내려놓고 정리할 때가 오게 된다. 그때 우리는 무엇을 남길 것인지 고민해야 한다.

인생의 마지막 순간에 사람들 앞에서 부끄럼 없는 당당한 인생, 아낌없이 주는 인생이면 좋겠다. 지금 논에 누워있는 벼는 다시 싹을 틔우고, 온 들판을 황금 물결로 뒤덮는 행복한 꿈을 꿀 것이다.

03

누굴 닮는다는 것은

누군가를 닮는다는 것은 좋은 점도 있지만 나쁜 점도 있다. 보통 부모들은 자녀들이 자신의 좋은 점만 닮았다고 말한다. 그러나 자녀의 좋지 않은 버릇, 습관은 상대 배우자를 닮았다고 몰아붙이면서, 승자 없는 말다툼이 생기곤 한다. 무작정 우기기보다는 인정하는 자세가 서로에게 좋지 않을까.

나는 태양을 닮은 해바라기와 봄의 소식을 알려주는 민들레를 좋아한다. 민들레는 쌀쌀한 이른 봄에 피어나, 겨우내 움츠린 사람들에게 천사의 미소를 선물한다. 해바라기는 태양을 닮아, 태양을 바라본다고 하여 'sunflower'라는 이름을 가지고 있다. 한여름 더위에 지친 사람들에게 냉수와도 같은 함박웃음을 준다. 큰 태양인 해바라기와 작은 태양 민들레는 기분이 울적할 때 바라보면, 금방 기분이 좋아진다. 노란 웃음이 참 매력적이다.

사람마다 닮기 원하는 모델이 있다. 고상한 인격을 소유하거나 자신에게 유익이 되는 사람이어야 한다. 자신이 그 사람에게 배울 점이 있기에 존경하고 따르는 것이다. 인생에서 누군가를 닮으려 하고 멘토를 정하는 것은 좋은 일이다. 만약 누군가가 나를 닮기를 원한다면 기꺼이 멘토가 되어야 한다. 그건 내가 바르게 잘살고 있다는 증거이니까. 내가 누군가를 닮고 싶다는 것은 배울 점이 있다는 의미이다. 나도 누군가에게 행복과 기쁨을 주는 민들레와 해바라기 같은 사람이 되고 싶다.

04

고사리의 생명력을 보다

우리가 살다 보면 자연의 놀라운 생명력을 마주할 때가 있다. 아파트 외벽 높은 곳에 있는 배수구 안에 초록색 잎이 보였다. 놀랍게도 배수구 안에는 초록색 고사리가 자라고 있었다.

제법 높은 곳에 있어서 여러 번 시도하여 사진을 찍을 수 있었다. 보통 고사리는 산이나 들에서 자란다. 아파트 외벽 배수구 안에 고사리 포자가 바람에 날려 들어갈 확률이 얼마나 될까? 싹이 나더라도 물도 흙도 없이 그 속에서 살아날 가능성은 더 희박하다. 무엇이 고사리를 살게 했는가. 고사리를 처음 발견한 뒤 몇 해가 지났지만, 여전히 잘 자라고 있다.

고사리의 질긴 생명력에 힘찬 박수를 보내고 싶다. 우리 민족도 고사리와 비교해 볼 수 있다. 오히려 더 대단하다고 말할 수 있다. 일제 강점기 36년 동안에도 불굴의 투지와 인내로 광복을 이뤘다.

동족상잔의 6·25전쟁으로 무너져 황폐한 이 땅을 다시 일으켰다. IMF 외환위기도 이겨내었고, 수많은 민족의 위기 앞에서도 지금까지 굳건히 서 있었다. 작은 구멍 속에서도 힘차게 자라는 고사리를 보면서, 다시 희망을 품어 본다. 나 자신의 열정을 깨우고 더 강인한 생명력으로 살아가자. 세계의 중심에 있을 오! 필승 코리아! 대한민국을 응원한다.

05

선풍기와 아기 발가락

25년이 된 결혼 혼수품 선풍기는 아직도 잘 작동되고 있다. 문득 선풍기를 보며, 잊었던 추억이 생각났다. 큰딸이 5살 정도 쯤에 있었던 일이다. 더운 여름날 일을 마치고 집에 와서 큰딸에게 '선풍기 좀 켜줘'라고 했다. 네! 하고 대답은 했는데, 한참을 기다려도 선풍기 바람이 오지 않았다.

무슨 일인가 싶어 뒤돌아보니, 큰딸이 작은 발가락으로 애쓰며 선풍기 버튼 누르고 있었다. 꼬마 아이의 작은 발가락으로 선풍기 버튼을 누르기가 쉽지 않았다.

그 순간 아차! 하는 생각이 들었다. 그동안 딸들이 보는 앞에서 발가락으로 선풍기를 켜고 껐기 때문이다. 큰딸은 아빠의 행동을 보고, 선풍기는 발가락으로 켜야 하는 줄 알았던 거다. 아빠의 생각 없는 잘못된 행동을 보고 딸은 자연스럽게 습득했다.

그때 이후로 발로 선풍기를 켜거나 끄지 않는다. 보통 가정에서 선풍기를 발가락으로 누르지만, 부모들은 잘못된 행동으로 생각하지 않는다. 자녀들에게 가장 영향을 많이 주는 사람은 교

사도 친구도 아닌 부모이다. '자녀는 부모의 뒷모습을 보고 자란
다.'라는 말이 있다. 부모도 모르는 사이에, 자녀는 뒤에서 다 지
켜보고 있다.

부모는 자녀 앞에서 말과 행동은 항상 조심해야 한다. 선풍기
가 준 교훈을 통해 바른 부모의 모습을 돌아보는 시간이 되었다.

; 06
밭을 갈다

따뜻한 봄날, 농부 아저씨가 경운기로 밭갈이를 하고 있다. 봄이 되면 씨앗을 뿌리기 전에 땅을 갈아엎어야 한다. 흙이 황토색의 옥토 같아 어떤 채소를 심어도 잘 자랄 것 같다. 밭을 가는 이유는, 흙 속에 산소를 넣어주고, 땅을 부드럽게 해준다.

땅속 깊이 산소가 들어가면, 유익한 미생물의 번식이 왕성해지고, 흙이 부드러워져, 식물이 땅속 깊이 뿌리내리게 되어, 생육이 빨라지는 데 도움이 된다. 또한 땅 위에 있는 잡초를 쉽게 제거할 수 있다. 이처럼 논과 밭을 기경(起耕)하는 것은 유익 된 일로, 농사짓는 농부 아저씨의 기본이 되는 일이다.

때론 우리 인생에도 기경이 필요하다. 하루하루 살다 보면, 행동이 습관이 되고 습관이 삶의 일부분이 되기도 한다. 좋은 습관이라면 그냥 두어도 되지만, 나쁜 습관은 빨리 바꾸어야 한다. 한번 굳어진 습관은 좀처럼 바꾸기 힘들다.

나쁜 것들이 내 주변에 덮여있으면, 인생의 무게가 무거워지고 힘이 든다. 이런 습관들이 더 단단하게 굳어지기 전에 기경해야 한다. 컴퓨터는 속도가 느려지면, 하드 디스크 포맷으로 간단하게 해결할 수 있다. 그러나 우리의 인생은, 한 번에 모두 지우고 새롭게 시작하기 힘들다.

한 번에 모든 것을 바꿀 수 없지만 작은 것부터 기경해보자.

07

소에게 무시당하지 않으려면

　어릴 때 부친께서는 소를 이용해서 논과 밭을 기경(起耕)했다. 나는 엄마가 챙겨주신 아버지 새참을 가지고 밭으로 갔다. 아버지께서 새참을 드시고 쉬는 동안에, 내가 밭을 한 번 갈아보겠다고 말씀드렸다. 아버지는 웃으시면서 쉽지 않을 텐데! 하시면서 한번 해보라고 하셨다.

나는 아버지처럼 '이랴' 하는 큰 목소리로 줄을 당겼다. 소가 전혀 움직이지 않았다. 소의 엉덩이를 한번 때렸더니 조금 가다가 멈추어서 오줌을 누었다. 오줌이 튀어서 신발과 바지에 다 묻고 말았다. 조그만 아이가 자신에게 큰소리치니까 기분이 상했던 모양이다.

새참을 다 드신 아버지께서 쟁기를 잡고 '이랴' 한번 하시니, 소는 열심히 밭을 갈았다. 소의 이중적인 모습을 보고 기분이 나빴지만, 어리고 경험이 없으니까 소에게도 무시당할 수 있겠다고 생각했다. 소에게 무시당하지 않으려면, 기술도 있어야 하고 키도 커야 하고 힘도 세야 한다.

사람들이 사는 세상에도 자신이 가진 것으로 인정받는다. 실력이 없으면 무시당한다. 무시를 당하지 않으려면, 나 스스로 실력을 키워야 한다. 다른 사람에게 인정을 받으려면, 남에게 없는 실력이나, 장점이 나에게 있어야 한다. 말이나 행동에서 빈틈을 보이지 말고 늘 배우는 자세로 살아가야 한다.

다른 사람에게 선한 영향력 있는 사람이 되기 위해서, 늘 배움과 도전이 있어야 한다.

08
우분투, Ubuntu

우분투(Ubuntu)라는 말은 남아프리카의 반투어에 속하는 낱말이다. 지금도 코사족과 줄루족 등 수백 개의 부족이, 이 단어를 사용하고 있다. 우분투는 부족의 인사말이며 '당신이 있기에 내가 있다!'라는 뜻이다. 왜 이런 인사를 하는지 알 수가 없었다. 나는 나름대로 해석을 해보았다. 지금도 아프리카에는 맹수가 많지만, 오래전에는 맹수가 더 많았을 것이다. 혼자서 맹수와 싸워 이길 수는 없다. 어떤 사람이 맹수에게서 생명의 위협을 당하는 위기의 순간에, 동료의 도움으로 맹수를 물리쳤다면, 도와준 동료에게 어떤 인사를 할까? '내가 살아난 것은 당신 때문입니다', '당신이 있기에 내가 있다!'라고 인사했을 것이다.

꿈보다 해몽을 더 잘한 것 같다. 나는 '당신이 있기에 내가 있다!' 이 말을 참 좋아한다. 이 문구 알게 된 후로 글을 쓸 때 자주 인용하고 있다. 지금의 나는 누군가의 도움이 있었기에 존재한다. 아무리 잘나고 똑똑해도 '천상천하유아독존'은 절대 될 수 없다. 이 사실은 분명한 진리이다.

　가끔 자수성가한 사람들을 방송에서 볼 수 있다. 혼자서 이루었다고 말하지만, 그들에게도 가족 같은 누군가의 사랑과 격려가 있었다. 아무리 잘난 사람도 절대로 혼자 존재할 수 없다. 최소한 부모님이 계셨기에 내가 존재하고 가족, 친구, 지인, 선생님 등 나를 도와주는 사람들이 많았다. 누군가의 도움과 응원의 격려로 내가 이 자리에 있음을 감사해야 한다.

　내 마음에 교만한 마음이 생길 때마다 우분투! '당신이 있기에 내가 있다'라는 말을 기억해야 한다.

; 09
한 걸음씩 징검다리

냇가에 커다란 돌을 이용해 징검다리를 만들어 놓았다. 주변 환경과 잘 어울리게 친환경적으로 만들어서 징검다리를 건널 때마다 기분이 좋다. 한발 한발 건너는 징검다리는 지나온 인생을 생각하게 한다.

하천을 가로지르는 징검다리는 꽤 멀게 느껴지지만, 멀리 있는 길을 돌아가지 않게 해준다. 그뿐만 아니라 물길을 가로질러도 신발이 물에 젖을 일이 없다. 이렇게 우리에게 도움을 주는 징검다리이지만 건널 때에는 조심해야 한다. 딴 곳을 쳐다보거나 뛰어서 건너면, 발을 헛디뎌 물에 빠지거나 다칠 수 있다.

징검다리를 통해 인생의 걸음을 배우게 된다. 너무 쉽다고 준비 없이 덤비다가, 실패하거나 낭패를 당하기도 한다. 자신의 실력만 믿고 급하게 일하다가 넘어질 때도 있다. '돌다리도 두드리면서 건너라, 때로는 가까운 길도 돌아가라, 급할수록 돌아가라'는 격언처럼 살아야 한다. 바쁜 시대를 살아가고 있지만, 징검다리를 천천히 밟고 건너는 것처럼 해야 한다.

징검다리는 언제 찾아가도 항상 그 자리에 있다. 내 인생에 징검다리와 같은 사람을 만난다면 얼마나 좋을까 하고 생각해본다. 나도 역시 누군가에게 받쳐주고 도움이 되는 징검다리와 같은 인생이 되고 싶다.

; 10

대나무의 열정(熱情)

무엇이 너를 그토록 간절하게 했는가
잘린 몸, 네 몸에 고인 물
땅에 바짝 엎드린 그루터기

수 없이 뻗은 너의 분신(分身)들
생명을 향한 처절한 몸부림
쉽게 죽지 않으리라

너의 모습이 감동이다
부디 살아남아라
너로 인해 푸른 잎의 대나무를 보리라

+++++++ +++++++

마음의 눈으로 보면 보입니다

++++++++++++++++++++

01

가을이 들어오다

가을이 깊어지는 어느 날, 가족과 함께 쇼핑하러 대형마트에 들렀다. 길가에 심어진 은행나무는, 노란빛을 자랑하며 길가를 물들이고 있었다. 주차장에 차를 세워놓고 쇼핑을 마치고 차에 올랐다. 차를 타고 보니 핸들 앞쪽 대시보드 위에 노란 가을이 들어와 있었다. 불어오는 바람 따라 너울대며 내려오다, 창문 틈 사이로 살며시 들어왔나 보다.

조금 열어놓은 운전석 옆 창문 틈 사이로, 낙엽이 들어오기 쉽지 않았을 텐데 신기했다. 가을 소식을 전해 주는 낙엽을, 그대로 담아오며 많은 생각에 잠겼다.

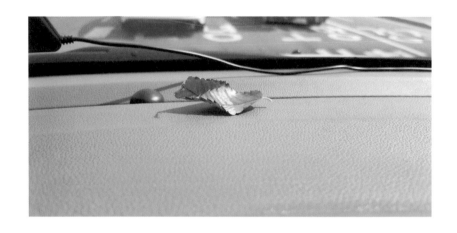

사진 속 낙엽을 보면 어떤 생각이 드는가? 가을 길가에 쌓인 수많은 낙엽을 밟으면서도 그냥 지나치기 일쑤였다. 자동차 안으로 우연히 들어온, 낙엽 하나가 많은 것을 생각하게 했다. 인식하지 않은 일상 속에서, 우리가 바빠서 모르고 넘어가는 시간 가운데 의미 있는 일들이 많다.

낙엽이 우연히 들어온 것처럼, 작은 일상이 우리에게 교훈을 주지만, 쉽게 놓치고 살아간다. 삶에서 크고 대단한 일보다, 작지만 사소한 일에 의미를 두어야 한다. 작고 소소한 것에서 삶의 여유와 행복을 찾으면 큰 기쁨도 누릴 수 있다. 가을이 점점 깊어져 간다. 이제 나무와 꽃들은 겨울을 준비한다. 우리의 인생도 가을처럼 더 깊어지고, 성숙해지겠지.

02

강아지를 삐치게 하다

식사를 마치고 나오다 식당 입구 옆, 줄에 매여 있는 강아지를 발견했다. 시골에서는 으레 집마다 개를 키우듯이, 우리 집도 어릴 적 개를 키웠었다. 어미 개가 강아지를 낳으면 시장에 내다 팔기 전까지, 우리 형제들은 임의로 자기 강아지를 정해서 돌봐주곤 했었다. 그때의 추억이 생각나 강아지에게 다가갔다.

어릴 적 강아지를 부를 때처럼, 특이한 소리로 신호를 보냈다. 엎드려있다 부르는 소리에 쪼르르 달려와, 내 발아래 엎드려, 꼬리를 살랑살랑 흔들었다. 자기를 쓰다듬어 달라는 행동이라는 것을 금방 알아차렸다. 쓰다듬어 주고 싶었지만, 선뜻 손을 뻗지 못했다. 운전해야 하기도 하고, 다시 손 씻기도 조금 귀찮아서였다. 강아지는 얼마 동안 나를 쳐다보더니 삐쳐서 제자리로 돌아가 버렸다.

미안한 마음이 들어 강아지 앞에 가서 소리 내어 불러보았지만, 고개를 숙인 채 꼼짝하지 않았다. 뜻하지 않게 강아지에게 상처를 준 셈이다. 괜스레 미안한 마음이 들었다. 일상 속에서 우리

도 사소한 행동으로, 상대방의 마음을 불편하게 하는 것을 조심
해야 한다. 강아지를 불렀으면 한 번쯤은 쓰다듬어 주어야 했었
는데, 차라리 부르지 말걸.

'강아지야 미안해 다음에 만나면 꼭 쓰다듬어 줄게'

같은 장소, 다른 느낌

15층에서 바라본 우로지 호수의 새벽과 아침의 전경이다. 우로지의 새벽과 아침의 모습은 사뭇 다른 느낌으로 마음을 사로잡는다. 새벽안개가 자욱이 내려앉은 우로지의 모습은, 마치 무릉도원을 연상케 하는 몽환적인 느낌을 보여준다.

자욱이 깔린 안개 아래엔 어떤 세상이 펼쳐지고 있는지 알 수 없을 정도다. 산 넘어 서서히 태양이 떠오르고 아침이 되면, 안개는 순식간에 사라지며, 아침 운동하는 사람들의 모습과, 푸른 대지가 보인다. 나무와 논, 건물과 저 멀리 고속도로까지 선명하게 보인다. 도시와 시골이 공존하는 모습, 우로지의 투명한 물, 땅 위의 다채로운 조화는 마음을 평온하게 한다. 우로지의 새벽과 아침은 다름대로 특색이 있고 아름답다.

비단 우로지 뿐만이 아니다. 사람도 장소에 따라 말과 행동이 바뀐다. 말투와 표정만 바뀌어도 전혀 다른 사람처럼 보이기도 한다. 평소보다 옷만 다르게 입고, 헤어스타일만 바꿔도 사람이 달라 보인다. 사람의 외모는 헤어스타일, 옷, 화장 등으로 다양한 변화를 통해, 얼마든지 다르게 보일 수 있다.

쉽게 바꿀 수 있는 겉모습과는 달리, 사람의 근본인 성격과 인격은 쉽게 변하지 않는다. 정말 바꾸기 힘이 든다. 사람 앞에서 자신의 변화된 모습을 보여주는 것은 좋다. 다만, 정말로 우리가 새롭게 변해야 할 것이 외형적인 모습뿐만 아니라, 진정 내면의 변화가 있어야 한다.

더 나은 모습으로 변화되어 많은 사람에게 잔잔한 영향력을 끼쳤으면 좋겠다.

04

상처는 빨리 회복해야 합니다

우로지 호수에 있는 벚나무 속에 깊은 상처가 보인다. 상처의 깊이를 볼 때 오래전 나무가 어렸을 때 생긴 상처 같다. 사람이 일부러 흠집을 내었는지 아니면 질병이나 벌레에 의해서 이 모습이 되었는지는 모르겠다.

사람이든 나무든 상처는 빨리 치료되어야 한다. 어린나무 때 생긴 작은 상처가, 자라면서 엄청나게 큰 상처가 되고 말았다.

요즘은 의술이 좋아서 성형수술이나 바르는 연고를 통해 상처와 흉터를 쉽게 치료할 수 있다. 사실 그보다 더 중요한 부분은 마음의 상처이다. 몸에 난 상처들은 시간이 지나면 조금씩 낫고 흔적이 옅어진다. 하지만 마음의 상처는 치료하지 않으면 시간이 가면 갈수록 그 아픔의 깊이가 더해 간다. 상처의 깊이에 따라 세월이 약이 아니라 독이 될 수 있다. 처음 마음에 상처를 받았을 때 빨리 회복할 방법을 찾아야 한다.

내게 상처 준 사람에게 용서를 받아내든지 아니면 나 스스로 자가회복을 통하여 일어서야 한다. 물론 두 가지 방법 다 쉽지 않다. 아니면 신앙이나 상담과 같은 방법을 통해 치유하는 것도 좋다.

평생 상처를 앓고 살아가기에 인생이 너무 짧고 아깝다. 가장 좋은 예방약은 서로에게 상처를 주지 않도록 노력해야 한다. 내가 누군가에게 상처를 줬다는 걸 알게 되었다면, 진심과 진정으로 사과하고 용서받아야 한다. 우리 마음의 상처가 벚나무처럼 깊지 않기를 바란다.

; 05
거미줄이 잘 보입니다

나뭇가지 사이나 풀잎에 쳐진 거미줄은 잘 보이지 않는다. 거미의 바람대로 곤충이나 작은 벌레들이 무심코 날아가다가 거미줄에 걸린다. 오랜만에 아침 운동을 하기 위해 우로지 호수로 나섰다. 나무다리를 건너다가 수많은 거미줄을 발견했다. 간밤에 내린 이슬이 거미줄에 대롱대롱 맺혀 있었다.

평소에 잘 보이지 않던 거미줄이, 방울져 있는 이슬 사이로 선명하게 보인다. 그 누구도 침범하지 않은 작품세계다. 멀리서도 잘 보일 것 같은, 선명한 거미줄을 보고도 달려드는 곤충은, 한 마리도 없을 것이다.

우리의 인생에도 거미줄처럼 감추어진 것들이 많다. 훑듯이 대충 보면 절대 보이지 않는다. 우리는 거기에 걸려 넘어져서 실패하기도 한다. 나태주 시인의 풀꽃에서 "자세히 보아야 예쁘다. 오래 보아야 사랑스럽다. 너도 그렇다."라는 내용이 있다.

우리가 살아가면서 보고 싶은 것만 보려고 하므로, 꼭 봐야 하는 것을 쉽게 놓치기 마련이다. 시 구절처럼 지나치지 말고 제대로 자세히 보아야 한다. 거미줄에 이슬이 맺혀 있으면 잘 볼 수 있다. 우리도 잘 볼 수 있도록 노력해야 한다. 시력이 나쁘면 안경을 쓰고, 시대를 알기 위해서는 배워야 한다.

지식을 배우고 경험이 쌓이면 실패와 좌절의 거미줄에 걸리지 않는다. 배우고 경험한 만큼 자신의 인생에 도움이 된다.

; 06
그루터기와 가지

    산책로 옆 언덕에는 오래된 나무 그루터기가 있다. 나무의 몸통은 오래전에 잘려 나간 것 같았다. 그루터기의 크기로 봐서는 제법 큰 나무임을 알 수 있다. 세월이 가면서 그루터기는 점점 썩어져 간다. 이대로 끝날 줄 알았던 그루터기에서 수많은 가지가 올라오고 있었다.

정말 신기하고 놀랍다. 나무도 자기 종족을 보존하려는 끈질긴 생존본능의 의지를 두 눈으로 목격한 셈이다. 몸통은 잘려 나갔지만, 그루터기에서 새롭게 자라나는 수많은 가지가 있다. 시간이 지나면 줄기는 굵어지고, 다시 큰 나무로 자라나겠지. 잘린 그루터기만 있어도 다시 살아나는 나무처럼, 우리의 인생도 마찬가지이다.

작은 실수 하나로 내 인생이 끝나지 않는다. 이가 없으면 잇몸으로 살 수 있듯이, 그루터기가 남아 있으면 희망이 있다. 사회나 환경을 보고 비판하거나 실망하기보다, 우리 스스로 그루터기를 튼튼하게 키워나가는 건 어떨까. 나의 결정과 선택을 다른 사람에게 미루지 말고, 내가 먼저 살려내어 새로운 가지를 나게 하면 어떨까.

; 07
너는 담장 너머로 뻗은

개나리 가지들이 아파트 울타리 너머로 모습을 드러내고 있다. 개나리는 민들레와 함께 봄소식을 알리는 대표적인 꽃이다.

담장을 벗어난 개나리를 보며 여러 가지를 생각하게 한다. 이 사회에서는 법이나 규정을 어기는 것은 잘못된 일로 여긴다. 이런 행동은 마땅히 지양(止揚)해야 하지만, 자기 능력의 한계를 뛰어넘어 도전하는 것을 지향(志向)해야한다. 충분히 능력 있고 할 수 있는 가능성이 큰데도 불구하고, 도전하지 못하는 사람들이 있다. 또, 주어진 재능을 발휘하지 못하고 그대로 두는 사람들이 많다.

그대로 두는 이유 중, 두려움이 가장 큰 비중을 차지하고 있다는 것을 우리는 알고 있다. 혹시 실수하여 다른 사람에게 피해가 될까 봐 염려하고 있다. 그러나 이렇게 생각해보자. 누구나 실수하고 실패한다. 하지만 계속 실수와 실패만 하지 않는다. 언젠가는 성공한다는 자신감을 가져야 한다.

도전조차 하지도 않고 그냥 앉아 있을 수는 없다. 담장을 넘은 개나리를 보면서 나만의 능력을 다시 한번 돌아보는 기회가 되었으면 한다. 담장을 넘는 개나리처럼, 가능한 많은 도전을 해 보자. 담장 너머로 뻗어 나가는 개나리가 멋있어 보이지 않는가?

08

여백-미(餘白美)를 아쉽니까?

여백의 미는 한 공간에 글씨나 그림, 사물을 채우고 남은 빈 곳에서 느껴지는 아름다움을 말한다. 박물관이나 미술관에서 작품을 일정한 거리를 두고 전시하는 것이 그 이유이다.

작품에서만 사용될 것이 아니라 우리의 삶 속에서도 필요하다고 생각한다. 요즘 현대인들은, 빽빽한 스케줄을 소화하기에는, 너무나 벅찬 하루하루를 살아가고 있다. 여유를 즐길 여력이 없어, 여백의 미를 느낄 겨를이 없다. 행복한 완벽한 하루는 조금의 여유와 여백이 있어야 한다.

하루 시간 속 틈틈이 여유를 두기 바란다. 30분 정도라도 차를 한잔하며 머리를 식히고, 하루를 돌아볼 수 있는 그런 시간 말이다. 짧은 시간이라도 온전히 휴식하면 몸에 활기가 돌 것이다. 그뿐만 아니라 책장, 거실, 신발장도 조금 여유를 두기 바란다. 내가 필요한 것들을 언제든지 채울 수 있는 여분의 공간이 있어야 한다.

여백이 없는 완벽한 인생을 살면, 자신도 피곤하지만 함께하는 사람들이 힘이 든다. 나도 이제는 조금 실수하더라도 여백과 여유가 있는 삶을 살려고 한다. 우리의 인생에 여백-미가 절실하다. 당장 모든 것을 다 채울 필요가 없다. 여백을 두었을 때 비록 지금은 허전하게 보일 수 있다. 하지만 언젠가 채울 수 있고, 채워가야 할 인생이다.

앞으로 여백을 채워갈 인생을 생각하면 설렌다.

; 09

외로운 차우차우

강변 쪽 도로 옆에 있는 집에 차우차우가 살고 있다. 차우차우는 중국이 원산지인 애완견의 한 품종이다. 키가 보통 50cm, 무게는 25kg 정도로 아담하고 머리가 크고 온몸에 털이 무성하다. 목덜미 주름에도 털이 풍성하고 털의 색깔은 붉은 갈색, 검정, 청회색 등이 있다. 차우차우는 매일 작은 철창 안에 갇혀서 지나가는 자동차나 사람을 구경한다. 그래서인지 표정이 항상 어둡다. 자기를 부르면 철창 가까이 오지만 어두운 표정을 지으며 금방 장애물 뒤로 숨어버린다. 그 모습을 보면서 차우차우가 마음껏 뛰어다녔으면 얼마나 좋을까 생각해 보았다.

차우차우의 주인이 아니지만 볼 때마다 마음이 짠하다. 주인 아저씨가 먹을 것은 충분히 주는 것 같은데, 혼자 있는 차우차우가 많이 외로워 보였다. 함께 한다는 것이 얼마나 행복하고 좋은지 곱씹어 본다. 아무리 많은 것을 가져도 혼자 있는 사람은 고독하고 힘이 든다. 교도소와 관련된 책을 읽은 적이 있는데, 독방에 있는 것이 제일 힘들고 고통스럽다고 한다. 우리는 가족과 친구와 이웃이 있는 행복을 자주 잊어버린다. 누군가 함께 하는 행

복의 소중함을, 차우차우를 통해서 발견하게 되었다. 다닐 때마다 차우차우에게 친구가 있었으면 좋겠다고 생각했다. 주인아저씨가 나의 간절함을 알았는지, 작은 백구 한 마리를 차우차우 집에 데려다 놓았다. 백구와 함께 놀고 있는 차우차우가 너무 행복해 보였다.

얼음 한 평에 얼만데?

겨울이 부동산 중개소를 열었다
우로지 호수를 얼려놓고
적당한 크기로 갈라놓았다

시세를 보고 팔려나
호수의 반은 얼리지 않았다
그래! 한 평에 얼만데?

지금 사면
얼음이 녹아도 내 것 되나?
확실히 해야 계약을 하지!

행복을 주는 사람이 되십시오

+ + + + + + + + + + + + + + + + + +

01
오이야 올라가라

아파트 옆 나대지에 채소밭이 있다. 고구마, 복숭아, 고추, 상추 등 다양한 채소들이 자라고 있다. 밭 한가운데 대나무를 서로 어긋나게 세워 놓았다. 멀리서 보면 마치 대나무로 예술 작품을 만들어 놓은 것 같다. 가까이 가서 자세히 보니, 오이 줄기가 타고 올라가도록 대나무를 땅에 꽂아 놓았다.

오이는 덩굴 채소라서 타고 올라가는 습성이 있다. 이미 어른 손바닥 길이만 한 오이가 열려있었다. 오이는 땅에서도 자랄 수 있지만, 땅에서 맺히게 되면 흙이 묻거나 땅에 닿은 부분이 상하기 쉽다. 오이를 깨끗하게 잘 키우기 위해 대나무를 세워주었다.

　아마 시간이 흐르면 대나무 끝까지 오이 덩굴이 올라갈 것이
다. 얼마 지나지 않아 오이가 많이 달릴 것이다. 땅에 대나무를
꽂아 두는 것은 그리 힘들거나 어려운 일이 아니다. 하지만 오이
에는 큰 도움이 된다.

　우리의 일상도 그러하다. 나의 작은 행동이 누군가에게 큰 힘
과 위로를 주는 경우가 많다. 나의 작은 배려가 누군가에게 감동
을 줄 때가 있다. 그냥 함께 있는 것만으로 힘이 되고 위로가 될
수도 있으니까. 우리도 그 누군가에게 힘이 되는 대나무 같은 존
재가 되었으면 좋겠다.

02
내일은 웃자

우리의 인생은 다양한 모습으로 살아간다. 울주군 옹기박물관에 가면 여러 가지 표정을 담은 재미있는 옹기들이 모여 있다. 울고, 웃고, 슬프고, 화나고, 기뻐하는 이런 모습들이, 우리 인생을 보는 것 같다. 우리의 인생에도 많은 일이 일어난다. 옹기들의 수많은 표정처럼 우리의 인생에도 여러 가지 얼굴들이 존재한다. 지금의 힘듦으로 너무 낙심하지 말자. 오늘의 슬픔이 내일의 기쁨의 미소가 될 수 있다.

지혜의 왕 솔로몬도 인생에 때가 있다고 했다.

"범사에 기한이 있고, 천하만사가 다 때가 있나니, 날 때가 있고 죽을 때가 있으며, 심을 때가 있고 심은 것을 뽑을 때가 있으며, 죽일 때가 있고 치료할 때가 있으며, 헐 때가 있고 세울 때가 있으며, 울 때가 있고 웃을 때가 있으며, 슬퍼할 때가 있고 춤출 때가 있으며, 돌을 던져 버릴 때가 있고 돌을 거둘 때가 있으며, 안을 때가 있고 안는 일을 멀리할 때가 있으며, 찾을 때가 있고 잃을 때가 있으며, 지킬 때가 있고 버릴 때가 있으며, 찢을 때가 있고 꿰맬 때가 있으며, 잠잠할 때가 있고 말할 때가 있으며, 사랑할 때가 있고 미워할 때가 있으며, 전쟁할 때가 있고 평화할 때가 있느니라"

잘나간다고 교만하지 말자. 힘들고 어렵다고 포기하지 말고, 내가 잘될 때, 다른 사람의 실패를 잘 돌아보자. 내가 웃을 때 다른 사람의 눈물도 닦아주자.

힘들 때가 있으면 분명 좋은 때가 온다. 행복한 웃음의 그 날을 의해 가슴을 쫙 펴고 당당하게 살아보자.

⠄⠄ 03

눈 두 개만 붙였을 뿐인데

자동차를 운전할 때 큰 트럭이나 화물차가 지나가면 왠지 겁이 난다. 차가 크고 높아서 그런 것 같다. 고속도로를 달리다가 앞에서 달리는 트럭을 발견했다. 큰 화물 트럭, 앞과 뒤에 눈(eye)이 붙어 있다. 덩치 큰 트럭에, 눈 두 개만 붙였을 뿐인데 트럭이 달라 보인다. 트럭에 붙은 두 눈을 보니, 장난감처럼 아주 귀여워, 보는 사람의 기분이 좋아진다.

타요 시내버스도 여러 가지 귀여운 그림을 붙여놓아, 아이들에게 인기가 있다. 어린이집, 유치원 승합차나 버스에도, 새까만 두 눈을 붙여놓아, 아이들이 유치원 버스 타기를 좋아한다고 한다. 어떻게 보면 별것 아닌 것 같지만, 동그란 두 개의 눈이 자동차에 대한 인식을 다르게 만들었다. 참 멋진 생각이다.

우리의 모습도 그렇다. 머리의 스타일, 의복, 말투, 행동, 습관의 작은 변화가 사람을 완전히 다르게 만든다. 극혐에서 호감이된다. 그중에서 제일 중요하다고 생각하는 건 표정이다. 평소 얼굴이 굳어있던 사람이, 얼굴에 환한 미소를 띠면 천사와 같이, 풍

기는 인상(image)이 달라 보인다. 얼굴에 웃음과 미소를 띠기 쉽
지 않지만, 나의 작은 미소가, 속한 공동체를 행복하게 할 수 있
다. 또, 평소 말이 없던 사람이 말을 하게 되면 상대와의 대화가
술술 풀린다. 이렇듯, 나의 작은 변화가 사람들을 기쁘게 할 수
있다는 사실은 기억해야 한다.

　표정, 행동, 말투, 습관에 작은 변화를 시도해 보자. 그 작은 변
화에 본인은 물론, 상대방도 행복해할 것이다. 표정은 밝고, 걸음
은 당당하며, 말은 상냥하고 분명하게 해보자. 변화와 발전은 우
리 안에 있다.

04
둘이라서 좋다

우리가 살아가다 보면 뭔가 외롭고, 허전하고, 부족한 느낌이 들 때가 있다. 해 질 녘 두 마리의 오리가 호수를 누비고 있다. 하나였다면 외로웠겠지만 둘이라서 참 좋아 보인다. 모든 동물도 다 짝이 있다. 한자의 '人'은 한 사람으로는 부족하고 연약하기에 서로 의지하고 살아야 한다는 의미가 있다. 또 구약성경 전도서에 보면 "한 사람이면 패하겠거니와 두 사람이면 맞설 수 있나니 세 겹 줄은 쉽게 끊어지지 아니하느니라"라는 말씀이 있다. 두 사람이 함께하는 유익에 대해서 말하고 있다.

해 질 무렵 오리 한 마리가 호수를 헤엄쳐 다닌다고 상상해보자. 아마 너무 외롭고 쓸쓸하게 보일 것이다.

사진을 찍고 호수를 가로질러 가는 두 마리의 오리를 살펴보았다. 서로 앞서거니 뒤서거니, 때론 가다가 서로 몸을 비비고 장난도 치면서 재미있게 헤엄을 치는 모습을 보았다. 하나가 아니라 둘이라서 참 보기가 좋다. 가족, 친구, 동료, 아름다운 공동체, 모두 우리에게 귀한 존재들이다. 우리도 서로 사랑하며, 위로하며, 세워주는 행복 도우미가 되어야지.

، 05

등대처럼 세상을 비추는 사람이 되자

등대는 섬이나 바닷가에 가면 언제든지 쉽게 볼 수 있다. 등대는 선박이 항구로 입항할 때 표지로 삼거나, 항만의 소재, 항구 등을 표시하기 위해 설치한 탑 모양의 구조물이다. 등대의 기원은 인간이 배를 타고 야간 항해를 시작한 때에 생겼다.

등대는 낮에도 필요하지만, 특히 밤에 중요한 지표가 된다. 맑은 날보다 안개 낀 날씨에 더 필요하다. 바다에 등대가 있듯이 우리의 일상에도 등대가 필요하다. 요즘 같은 흉악한 범죄가 줄을 잇고, 인간의 따뜻한 마음이 메말라가는 이 시대에 등대와 같이 빛을 비추는 사람이 절실하다.

어두운 시대에 등대와 같은 사명을 가진 사람이 필요하다. 우리는 자신이 살아가는 삶의 현장에서 소금과 빛의 사명을 다해야 한다. 배가 항구로 무사히 돌아올 수 있게 비추는 등대가 되어야 한다. 무작정 빛을 비춘다고 좋은 것이 아니다. 엉뚱한 곳을 비추면 다 같이 좌초된다. 중요한 건 빛을 바르게 비춰야 하는 점이다. 이 시대의 부모와 선생님이, 종교 지도자, 대통령과 위정자들이 등대와 같은 사람이 되어야 한다. 그리고 나 자신도 등대와 같은 사명을 감당해야 한다. 나의 인생이 특별하지 않지만 누군가가 나를 비추고 있기 때문이다.

⁏ 06
딱 붙어있어라

가끔 건물 벽이나 담벼락에 붙어있는 담쟁이를 보면 생명의 의지와 숭고함을 느낀다. 봄과 여름에 초록의 옷을 입고 담벼락 붙어 오르며 묘기를 부린다. 가을이 되면 초록 잎을 노랗고 붉게 물들면서 뜨거운 이별을 준비한다. 담쟁이는 몸무게를 줄이기 위해 자신의 몸에서 잎을 떼어 낸다. 이내 기나긴 겨울을 지나기 위해 담벼락에 몸을 바싹 붙인다.

살을 에는 차가운 바람, 눈보라, 영하의 날씨는 담쟁이에게 뭐 하나 만만한 것이 없다. 붉은 맨살을 드러내고 얼마나 견디기 어려웠을까. 그럼에도 담쟁이는 바싹 말라 뼈밖에 남지 않은 야윈 몸으로 겨울을 견뎌 낸다.

긴 겨울을 지나면서 작년 가을보다 더 말라버린 가지를 보며, 올봄에 잎이나 날까 염려한다. 하지만 봄이 되면 약속이나 한 것처럼, 초록 잎사귀들이 서로 경쟁하듯이 올라온다. 말란 버린 몸 위에 다시 초록 이불로 덮어 버린다. 담쟁이는 서로 약속 한다. 언젠가 건물 꼭대기까지 올라가 보자, 이 건물 모두를 덮어 버리자면서…. 대단한 결심으로 옥상을 향해 초록색 가지를 열심히 뻗는다. 힘차게 올라가는 담쟁이를 보면서 나도 모르게 불끈 힘이 솟는다. 여름이 되면 담쟁이가 온 건물을 초록으로 덮는다.

담쟁이처럼 더 나은 내일을 위해 버리고, 참고 인내하는 자세가 필요하다. 그리고 기회가 왔을 때, 건물을 초록으로 물들이며 힘차게 올라가는, 담쟁이의 열정이 있어야 한다.

07

명태처럼

겨울이 되면 사람들은 얼큰하고 시원한 탕 종류의 음식을 많이 찾는다. 대구탕도 맛이 있지만 조금 비싸서 서민들이 자주 즐겨 먹기는 힘들다. 대구탕과 비교하면 동태탕은 저렴하면서도 맛도 좋다. 국물 요리를 좋아해서, 겨울이면 동태탕을 자주 먹는다. 외식하는 것이 아니라, 아내가 직접 준비해서 만들어주는 동태탕이다. 아내가 요리한 동태탕이 세상에서 제일 맛이 있다. 멸치를 우려낸 물에 동태와 파, 무를 썰어 넣고, 고춧가루와 적당한 재료를 넣고 끓이면 맛있는 동태탕이 된다.

명태의 이름이 여러 가지인 것을 알고 있는가? 바다에서 갓 잡은 것은 생태이다. 잡아서 바로 얼리면 동태, 봄에 잡은 것은 춘태, 가을에 잡은 것은 추태, 겨울에 한랭한 고지 덕장에서 말렸다 녹였다 반복해서 노랗게 말린 것은 황태, 단기간 열을 사용해서 말린 것은 북어, 내장을 제거한 후 코를 꿰어 반쯤 말린 것은 코다리, 치어를 말린 것은 노가리라 한다. 나도 명태의 이름에 대해서 몇 가지는 알고 있었는데 이렇게 많은 이름이 있는 줄 미처 몰랐다. 우리도 세상 속에서 여러 가지 붙여진 이름이 있다. 자신의 이름에 걸맞는, 다양한 일을 잘 감당하면 좋겠다. 명태처럼 내가 필요한 곳에서 즐겨 사용되었으면 한다. 한약방의 감초처럼, 음식의 맛을 내고 방부제의 역할을 하는 소금처럼 말이다.

⁏ 08

친절한 사장님

음식점에서 식사하기 전에 손을 씻으려고 화장실에 갔다. 남자 화장실에는 여자들이 모르는 안내 푯말이 붙어 있다. '남자가 흘리지 말아야 할 것은 눈물만이 아닙니다', '한 발 더 앞으로', '아름다운 사람은 머문 자리도 아름답다.', '나가시기 전에 꼭 물 내려주세요'라는 문구가 붙어 있다. 화장실을 쾌적하고 깨끗한 공간으로 사용하려는 마음이다. 화장실 문에는 '잠깐 지퍼는 올리셨나요?'라는 색다른 문구가 붙어 있었다. 아마 이 화장실을 다녀온 남자들은 결코 지퍼를 열고 나오지 않았을 것이다.

사장님의 배려와 재치가 있는 글귀였다. 가끔 남자 중에 화장실을 다녀오면서 지퍼를 올리지 않고 나오는 분들이 있다. 그 모습을 보고 지인에게 급히 알린 경험도 있다. 짧은 문구지만 다른 사람에 대한 배려를 생각하게 되었다. 우리가 살아가는 시대는 배려가 점점 사라지고 있다. 층간소음, 자동차 끼어들기, 난폭운전,

시내버스나 지하철 안에서 큰 소리로 통화하기, 베란다에서 담배 피우는 것까지. 심지어 새벽에 엘리베이터를 타면 담배 연기가 자욱했던 적이 많았다. 이런 행동은 다른 사람을 배려하지 않는 행동이다. 배려는 그렇게 힘들지 않다. 실천하려는 마음만 있으면 된다. 나의 작은 배려가 아름다운 사회를 만든다.

⁏ 09
정말 이건 아닙니다

우로지 호수에는 물에 빠진 사람을 구할 수 있는 구명환이 네 개 비치되어 있다. 누군가 구명환 두 개를 훔쳐 갔다. 물이 깊은 곳에는 구명환이 꼭 필요한데, 왜 이것을 가져갔는지 도무지 이해가 가지 않았다. 우로지 호수에는 아이들이 많이 다니고, 간혹 물에서 장난을 치기도 한다. 언덕에서 장난치다가 잘못하면 호수로 굴러떨어질 수도 있다. 그때 구명환이 필요하다.

겨울이 되면 아이들이 호수 얼음 위에서 뛰어다닌다. 얼음이 얇게 얼었으면 사고가 났을 것이다. 나는 아이들에게 조심하라고 단단히 주의를 시켰다. 이참에 우로지 관리 담당자에게 새로운 구명환을 설치해달라고 전화했다. 구명환은 빠르게 설치되었다.

그런데 며칠 뒤 산책을 하다가 이번에는 구명환 줄이 없어진 것을 발견했다. 담당자가 정말 단단하게 묶어 두었는데 누군가 그걸 풀어서 가져갔다. 구명환도 중요하지만, 끈도 아주 중요하다. 사람이 물에 빠졌을 때 줄에 묶어서 구명환을 던져야 하는데, 목숨을 구해줄 생명줄이 사라졌다. 이건 마치 소방차에서 사다리를 떼어 내는 것과 같다. 다른 것도 아닌 구명환과 줄을 훔쳐 갈 수 있단 말인가? 산책하는 동안 마음이 무거웠다.

우리 사회가 어떻게 이 지경이 되었는지 한숨이 나왔다. 다시 시청 담당 부서에 전화해서 이번에는 구명환 줄이 사라졌다고 말했다. 줄이 없는 구명환을 보면서 아름다운 시민의식과 진실한 사회가 얼마나 중요한지 깨닫게 되었다.

'정말 이건 아닙니다'

가을은 참 매력이 있습니다

가을은 참 멋진 계절입니다
사람을 끄는 힘이 있어
행복한 일들을 하게 합니다

모두가 감성 시인이 되고
행복한 추억 여행을 떠나며
멋진 사진작가가 됩니다

가을에만 느낄 수 있는 감정이 좋습니다
풍성한 결실을 거두는 넉넉함과
비우고 다시 시작하는 출발점에 섭니다

가을은 참 매력이 있습니다
계절의 가을에서 인생의 가을을 생각하는
만추(晚秋)의 계절이 있어 참 행복합니다

part
7

+++++++ +++++++

준비하는 인생이 아름답습니다

++++++++++++++++++++

01

나는 무엇이 보일까

태풍에 쓰러진 가시나무를 톱으로 베어내자, 나이테가 선명하게 보인다. 나무는 나이테를 보면 여러 가지를 알 수 있다. 나이테는 1년에 둥근 원이 하나씩 생긴다. 이것을 통해 수령(樹齡)을 알 수 있다. 나이테는 가운데서 바깥쪽으로 생겨서 비가 많이 내리는 여름철에는 폭이 넓고 겨울철에는 폭이 좁다. 가을과 겨울은 잘 자라지 않기 때문에 나이테의 색이 짙고 단단하다. 햇빛을 받는 양에 따라 간격도 달라 나침반처럼 이용할 수도 있다. 촘촘한 쪽이 북쪽이고 간격이 넓은 쪽이 남쪽이다.

그렇다면 사람은 무엇을 보고 알 수 있을까?

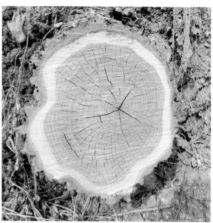

156

첫 번째는 얼굴의 빛이다. 힘들고 어려운 일을 당하면 얼굴빛이 어둡게 된다. 인생에 힘들고 어려운 일로 지치더라도 얼굴빛을 밝게 하면 좋겠다. 얼굴을 밝게 하면 마음뿐만 아니라 기분도 덩달아 좋아질 것이다.

두 번째는 사람의 행동이다. 행동이 너무 과장되면 신뢰성이 떨어진다. 오랜 습관이 하루아침에 고쳐질 수는 없지만, 너무 과한 행동은 상대를 불안하게 만들 수 있다. 행동에서 진실함이 묻어나야 한다.

세 번째로 사람의 말을 통해, 인격과 성품을 알 수 있다. 상대와 대화하든, 혼잣말하든, 우리는 말을 하며 살아간다. 사람의 말을 들어보면, 그 사람의 인품을 알 수 있다. 가끔 사람의 말에 언중유골(言中有骨)이 있다. 뼈있는 말은 이미 입 밖으로 나와, 엎질러진 물이자 활의 시위를 떠난 화살이다.

얼굴빛, 행동, 말을 잘 사용해서 상대방에게 호감과 행복을 주는 사람이 되었으면 한다.

; 02

니가 왜 거기서 나와

고가다리 중앙 분리용으로 안전봉을 땅에 고정해 놓았다. 땅에 볼트로 단단히 고정해서 먼지나 이물질이 속으로 들어가지 못한다. 안전봉 막대 높이 750mm 위에 170mm의 작은 구멍만 있을 뿐이다. 그 작은 구멍을 비집고 올라온 풀잎이 얼굴을 내민다. 마치 사람들에게 보란 듯이, 당당하게 자라고 있었다.

안전봉 안에 있는 풀을 보면 생명의 의지가 대단하다. 씨앗이 자라는 데는 수분과 공기, 적당한 햇빛이 있어야 한다. 땅에 딱 붙은 안전봉 위에 작은 구멍 안으로, 그 조그만 풀씨가, 바람에 날려 들어갔나 보다. 정말 대단한 일이다. 작은 구멍으로 들어오는 수분과 공기는 늘 부족할 텐데, 햇볕도 없는 좁은 공간에 싹이 나서, 풀이 꼭대기를 넘어 자랐다는 것은 정말 놀라운 일이다.

우리가 살아가는 세상은 만만치 않다. 사람마다 자신이 제일 힘들다고 말한다. 작은 구멍 위로 올라온 이름 모를 풀을 보면서 도전을 받아보자. 도무지 불가능한 상황에서도 살아남았는데, 우리가 이 풀보다 못할 것이 무엇이 있을까?

　힘들지만 지금까지 잘 살아왔고, 앞으로도 이겨낼 수 있다. 할 수 있다는 자신감으로, 지금 힘들어도 포기하지 말고 도전과 열정으로 살아가야 한다.

I can do it!

03

멋진 자라처럼

우로지 호수 속에는 각종 물고기와 식물, 물벌레가 살고 있다. 붕어, 잉어, 가물치, 배스, 블루길도 있다. 수생식물과 연꽃도 아름답게 핀다. 가끔 수달도 볼 수 있다. 가을부터 이듬해 봄까지 수많은 철새와 기러기도 찾아온다. 심지어 자라도 있다.

우연히 물가 바위에 올라 일광욕하는 자라를 발견했다. 대부분 자라의 등에 물풀과 이끼가 쌓여있는데, 이번에 찍은 사진 속 자라는 등이 깨끗했다.

지금까지 우로지 호수에서 수십 마리의 자라를 본 중, 제일 멋지고 빛이 났다.

자라가 돌 위에 올라와 일광욕을 즐기고 있다. 아주 가까이 다가가도 피하지 않고, 마치 자신을 찍어 달래듯, 물속에 들어가지 않고 있다. 종일 물에서 지냈기에 추워서 그런지, 자라 가족도 따뜻한 햇볕을 쐬고 있다. 자라의 등에 햇빛이 반사되어 눈이 부실 정도였다. 자라는 지금 햇빛을 통해 등껍질을 관리하고 있다.

그래! 우리도 자신을 관리하며 멋진 인생을 한번 살아보자. 답답하면 공원을 걷거나, 가벼운 운동, 지인을 만나서 차 한잔하는 일은, 우리의 일상에 긍정의 에너지를 받는 시간이다. 아무리 바빠도 가끔은 밖에 나가, 햇빛에 몸을 맡겨 하루를 보내자.

04

쌓여간다는 의미에 대해

사랑이 쌓여간다: 좋은 일입니다

가을에 낙엽이 쌓여간다: 희생의 가치를 알게 됩니다

겨울에 눈이 쌓여간다: 교통에 불편이 예상됩니다

몸에 지방이 쌓여간다: 건강의 적신호입니다

스트레스가 날마다 쌓인다: 만병의 근원입니다

지식과 경험이 쌓인다: 깊고 풍성한 인생을 살 수 있습니다

우정을 쌓는다: 좋은 인간관계가 형성됩니다

덕을 쌓아 간다: 존경받는 인생이 됩니다

뭔가 쌓이는 것은

긍정과 부정의 의미가 있습니다

자신의 인생에 무엇을 쌓을 것인지

우리 각자의 숙제입니다

우리는 날마다

뭔가를 쌓으면서

인생을 살아갑니다

인생 숙제 잘하고 계십니까?

⁏ 05

자전거 도로와 잡초

자전거를 타고 산책로를 신나게 달렸다. 시멘트로 포장되어 장애물이 없는, 자전거 전용도로로 마음껏 달릴 수 있어 너무 좋은 일이다. 하지만 시간이 흐르면서, 도로에 금이 가기 시작했다. 도로 여기저기에 눈에 띄게 큰 틈이 갈라지는 것도 보인다.

원래 시멘트로 포장된 도로 위에서는 풀이 자라지 못하지만, 신나게 달렸던 자전거도로 갈라진 틈 사이로, 새파란 풀들이 자라고 있었다.

약해져 갈라져 버린 도로의 틈 사이로 풀들이 자라고, 비와 이물질이 들어가면서 틈은 점점 벌어진 것이다. 결국 자전거 도로 보수공사를 해야 했다.

자전거 도로 위의 갈라진 틈처럼, 우리의 인생에도, 이따금 갈라진 틈이 생겨난다. 마음이 약한 사람은 사소한 말에도 상처를 받는다. 우리 몸도 약한 부분을 통해 질병이 시작된다. 항상 약한 곳이 걱정이다. 나는 30대 초반에 편도선 제거 수술을 받았다. 염증이 너무 심해서 어쩔 수 없는 선택이었다.

수술이 성공적으로 끝났어도 감기에 걸리면, 항상 목감기부터 먼저 온다. 편도선이 없어 일상이 많이 불편하다. 글을 쓰고 있는 지금은 감기가 다 나았지만, 잔기침이 아직 남아 있다. 우리의 몸도, 마음도 약하면 자주 상처받고 아프게 된다.

자신의 약하고 부족한 부분을 스스로 잘 알고, 바쁜 일상 속에서도 약한 부분을 단련하여, 방해꾼 잡초가 자라지 못하도록 신경 쓰자.

06

청개구리의 피서

우로지 산책로에는 인조 나무들이 세워져 있다. 밤이 되면 인조 나무 작은 가지 잎 사이로, 어둠을 밝혀주는 불이 켜진다. 그 모습은 마치 크리스마스트리와 같이 아름답다. 더위가 한풀 꺾인 늦은 오후, 호수 길을 걷다 걸음을 멈춰 섰다. 인조 나뭇가지와 잎 사이에 청개구리가 가만히 앉아 있는 모습을 발견했다.

평소 같으면 사람이나 동물이 가까이 가면, 반사적으로 도망을 칠 텐데, 오늘은 카메라를 가까이 들이대도 도무지 움직이지 않았다.

'칭찬은 고래도 춤추게 하지만 더위는 청개구리도 멈추게 한다.' 날씨가 너무 더워 가만히 있는 것이, 더위를 이기는 좋은 방법이라고, 본능적으로 알았나 보다. 가만히 있으면 체력도 아끼고 에너지 소모도 적으니, 청개구리의 방식이 좋아 보인다.

여름이면 사람들은 뜨거운 햇빛을 피해 시원한 바람이 있는 산으로, 계곡으로 간다. 바다에 가서 실컷 수영하기도 한다. 나도 어릴 적 여름이면 밥을 먹는 것도 잊은 채 종일 친구들과 물놀이를 했다. 그 외 자신이 원하는 활동을 하거나 조용하고 시원한 카페에서 책을 보기도 한다. 어떤 사람은 오히려 더운 날씨에 운동하거나 산책로를 열심히 달린다.

산도 바다도 다 싫다면 '방콕'(방에 콕 박혀서 지내는 것)도 좋다. 시원한 에어컨을 틀어놓고 맛있는 것 먹으면서 삶의 여유를 부려보는 것도 좋은 방법이다. 자기에게 즐겁고 편한 방법이 가장 좋은 피서이다.

최선을 다하자

사람은 중요한 일을 하든지, 작은 일을 하든지, 언제나 최선을 다해야 한다. 사람에 따라 일을 대하는 모습에서 차이가 난다. 크게 두 가지로 나누자면 무슨 일이든지 대충하는 사람과, 정말 꼼꼼하게 일을 챙겨서 하는 사람이다.

삼성 라이온즈 선수로 은퇴한 양준혁 선수는 남다른 열정을 가지고 있다. 사람들은 양준혁 선수가 야구 방망이를 거꾸로 잡아도 3할은 친다는 별명을 붙이기도 했다.

그는 현역 시절에 안타, 파울볼, 내야 플라이를 치든지 항상 1루를 향해 열심히 달렸다. 팬들에게 그 모습은 굉장히 인상적이었다. 타자는 공을 치는 순간 1루를 향해 힘차게 달려야 한다. 달려오는 타자를 보며 수비하는 선수는 마음이 급해져서 실수할 수도 있다. 동시에 타자는 극적으로 세이프(Safe)될 것이다.

양준혁 선수는 매번 1루까지 힘차게 달린 덕분에 아웃 타이밍임에도 불구하고 수비 실책으로 세이프(Safe)가 된 경우가 많이 있었다. 요즘 프로야구 시합을 보면 젊은 선수들이 대충하는 모습을 본다.

타자는 자신이 친 공을 미리 아웃(out)으로 생각하고 적당히 대충 뛴다. 결국 내야 수비가 실책 하는 것을 보고, 아차! 하고 달리지만, 아웃(out)이 되고 만다. 처음부터 열심히 뛰었다면 충분히 세이프(Safe)될 수 있는 상황이었다.

선수가 순간순간 최선을 다하지 않는다면 자신에게도 문제이지만 자신의 팀에게도 도움이 되지 않는다. 야구선수 같은 운동선수가 아니더라도 우리는 모든 일에 최선을 다해서 후회 없는 순간을 만들어야 한다.

08

친환경 대나무 젓가락

요즘 사람들은 환경문제에 관심이 많아 친환경 제품을 선호한다. 친환경 제품은 일반 제품보다 비싸지만, 가족의 건강과 환경을 위해서 사용한다. 친환경 쌀, 과자, 달걀, 과일, 채소, 밥그릇이나 젓가락도 마찬가지다. 보통 식사할 때는 스테인리스 제품의 수저를 사용한다. 하지만 밀가루 음식은 나무젓가락으로 먹는 것이 더 맛있게 느껴진다.

우리 집은 면 종류 음식을 먹을 때는 항상 나무젓가락을 사용한다. 나무젓가락을 사려고 보니까 대부분 외국산이었다. 기존 나무젓가락은 제조 과정에서 화학 염료가 첨가될 수 있다. 선뜻 구매하기가 꺼려지면서 고민하다가 직접 대나무로 젓가락을 만들기로 했다.

고향 집 뒤편에는 대나무밭이 있다. 고향을 방문했을 때 대나무를 얇게 많이 쪼개어 가져왔다. 집에 와서 대나무를 칼로 깎아내고 사포로 문질러 젓가락을 만들었다. 공장에서 만드는 것에 비해, 제품의 품질은 좋지 않으나, 대나무 마디와 무늬가 그대로

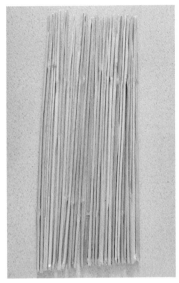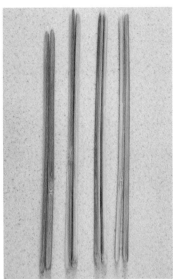

살아있어, 은근 멋스럽다. 무엇보다 창녕산 대나무로 직접 만든 수제품(made in Changnyeong)을, 어디에서도 볼 수 없는 유일한 친환경 젓가락이다.

대나무 젓가락으로 국수를 먹을 때마다, 어린 시절 추억과 고향의 향수를 느낄 수 있어 참 좋다. 또, 필요하면 맞춤 제작으로 만들어 사용하면 된다. 준비해놓은 대나무 재료로 언제든지 만들어 쓰면 평생 사용할 것 같다. 대나무 젓가락으로 라면을 먹으면 정말 맛있다는 사실은 아무도 모르겠지? 먹어본 자만이 느끼는 작은 행복이다.

09

하늘과 물과 길을 봅니다

맑은 하늘, 푸르른 풀밭, 깨끗한 물이 눈앞에 펼쳐져 있다. 풍광이 너무 좋아서 사진으로 담았다. 높고 푸른 하늘을 보면, 어린 시절 소 먹이러 들에 나갔다 잔디밭에 누워, 하늘을 보던 기억이 생각난다.

새하얀 뭉게구름이 두둥실 떠다니는 새파란 하늘을 바라보며, 어린 소년은 인생에 대해서 많은 생각을 했다. 그러다가 잠이 들면, 뭉게구름 타고 하늘을 날아다니는 꿈도 꾸었다. 푸른 하늘을 바라보면 항상 마음이 푸근해진다. 온 세상을 다 안을 수 있는 푸르른 하늘처럼 넓은 마음을 가지길 소망한다.

맑고 잔잔히 흐르는 물결을 보면, 비가 온 뒤 소쿠리를 가지고 냇가에 나가, 미꾸라지 잡았던 일이 생각난다. 그때는 미꾸라지가 참 많았고, 간혹 붕어와 메기도 곧잘 잡혔다. 다슬기도 잡아서, 온 가족이 마루에 앉아 삶아서, 이쑤시개로 빼먹던 추억의 맛도 기억한다. 여름이면 눈이 충혈되도록 친구들과 온종일 물에서 놀던 기억도 있다. 여름 햇빛에 피부가 그을려 따가웠지만 그래도 물이 좋았다.

멀리 산책길이 보인다. 아침·저녁이면 많은 사람이 건강을 위해서 산책하며 운동하는 길이다. 하늘과 물과 길은 항상 우리 가까이에 있는 인생의 동반자다.

요즘 미세먼지로 일상생활이 많은 어려움이 있다. 맑은 하늘, 맑은 공기, 맑은 물을 잘 관리해야 좋은 환경 속에서 살 수 있다. 아름다운 환경을 잘 관리해서 후손들에게 물려줄 책임이 우리에게 있다.

; 10

그래 누가 이기나 한번 해보자

마음대로 밟아봐라

그래 누가 이기는지 한 번 해보자

밟은 만큼 다시 자라줄 테니까

내 깡다구를 잘 모르는구나!

* 깡다구: 악착같은 기질이나 힘

'자동차와 사람이 다니는 아파트 뒤편 길이다.

철제 덮개 아래에서 이름 모를 잡초가 부지런히 자라고 있다.

자동차와 사람에게 밟히고 뭉개지면 그만큼 또 올라온다.

지금도 여전히 자라고 있다.

이름 모를 잡초의 모진 열정을 통해 인생의 교훈을 배운다.'

+++++++ +++++++

삶에서 한 수 배웠습니다

++++++++++++++++++

01

도로에서 마주친 고라니

고향을 방문하고 오는 귀갓길에서 시커먼 물체가 도로 중간으로 뛰어들었다. 깜짝 놀라서 급제동했다. 그 정체는 산에 사는 고라니였다. 순간 속도를 줄이지 않았다면 자동차가 부서지고, 고라니도 죽거나 큰 부상을 입었을 것이다. 순식간에 일어난 일이었다.

간혹 고속도로나 국도를 운전하다 보면 로드킬(road kill)을 당한 산짐승을 발견한다. 고라니는 산에서는 마음껏 달릴 수 있지만, 아스팔트로 만든 도로 위를 달리는 것이 익숙하지 않다. 낯선 촉감이 느껴지는 길에서 고라니가 긴장을 많이 한 것 같다. 길

*고라니: 소목 사슴과에 속하는 동물로 노루와 비슷하게 생겼으나 크기가 작고 뿔이 없으며, 수컷은 송곳니가 튀어나옴

가장자리에 산으로 올라가는 길이 있는데도, 고라니는 계속 도로 가운데로 뛰어갔다. 나는 고라니가 스스로 길을 찾아 산으로 올라갈 때까지 자동차를 세우고 한참 기다려야만 했다.

우리는 인생에서 간혹 어려운 일을 만나게 된다. 그때 어쩔 줄 몰라 당황만 하면 더 힘들어진다. 침착하게 한번 심호흡하고, 신중하게 행동하면 잘 풀어낼 수 있다. 길 잃은 고라니에게 익숙한 길이 좋은 것처럼, 사람도 자신의 정도(正道)를 걸어가는 것이 모두에게 유익하다는 것을 깨닫는다.

❥❥

;02
원숭이처럼 살 수 있다면

부곡하와이는 경상남도 창녕군 부곡면 거문리에 있는 호텔, 워터파크, 온천, 놀이동산 등의 시설을 갖추고 있는 곳이다. 1979년에 창녕 도천면 출신의 배종성씨가 이 세웠고 2017년 5월 28일에 영업 손실을 막지 못해 폐업했다. 창녕이 고향인 필자는 부곡하와이에 주로 동생과 친구들과 구경하러 자주 갔다. 결혼하고 나서 가족과 함께 자주 찾던 곳이었다.

그뿐만 아니라 회사에서 전 직원 세미나로 부곡에 다녀온 적도 있었다. 한때는 온천물이 좋아 전국에서 제일 인기 많은 곳이었다. 창녕에서 유일한 온천과 놀이공원이었는데, 기억 속에 있는 추억이 점점 사라지는 것 같아 아쉽다.

부곡하와이 입구에서 조금 위로 올라가다 보면 세 마리의 원숭이 석상이 있다. 자세히 보면 원숭이의 행동이 다 다르다. 한 마리는 손으로 입을 가리고, 한 마리는 귀를 가리고, 한 마리는 눈을 가리고 있다. 말이, 말이 아니면 말하는 것도, 듣는 것도, 보는 것도 하지 말라는 뜻이다. 예전부터 부곡하와이에 갈 때마다 원숭이를 보면서 많은 생각을 했었다. 말하는 것이 아무리 좋아도 말이 아니면 하지 말아야 한다.

때로는 침묵이 최고의 무기가 될 수 있다. 요즘 근거 없는 비난의 말이 여기저기서 난무하고 있다. 남을 비판하고 욕하는 말은 귀를 막고 듣지 말아야 한다. 우리의 눈에 항상 좋은 것만 보이지 않는다. 부정적인 것은 생각도 하지 말고, 바라보지도 말아야 한다. 보면 하고 싶은 것이 사람의 마음이다.

이제 원숭이 석상을 볼 수 없다는 사실이 좀 아쉽지만, 원숭이 석상 세 마리가 준 교훈은 항상 마음속에 남아있다.

; 03
서로 이해하고 삽시다

이해(理解)는 '어떤 사람이 다른 사람의 사정이나 형편을 잘 헤아려 너그럽게 받아들인다'라는 뜻이다. 이해의 영어적인 의미는 understand이다. 이 단어를 세부적으로 under와 stand로 나눌 수 있다. 진정한 이해는 상대방의 아래에 서서 그 사람을 바라보아야 한다. 그런데 우리는 항상 이해한다고 말하면서, 동등한 위치 또는 그보다 높은 곳에서 상대방을 바라본다. 그것은 수긍(首肯)이지 온전한 이해가 아니다. 내 딸들이 간혹 실수할 때 나는 이해한다고 말해왔다. 그러다 어느 날 문득 이런 말이 진정 이해인지 용납인지 생각해보았다. 내가 딸들의 나이였을 때 나도 부모님께 같은 실수를 했었다. 이해에 대해 고민을 하면서 나를 돌아보게 된다.

오해에서 삼해를 빼면 이해가 된다. 삼해를 뺀다는 의미는 세 번 생각하라는 것으로 말하고 싶다. 서로 오해하지 않으려면, 잠깐 멈춰서 세 번만 더 생각하면 된다. 때로는 내가 오해할 수 있고, 상대방에게 오해를 사기도 한다. 상대방이 나를 이해해 주지 않을 때 답답한 심정이다. 또 내가 오해를 받을 때도 너무 황당하고 화가 난다. 그렇지만 오해를 당하거나 받을 때 3번만 더 진지하게 생각을 해보자. 이해는 그냥 말로 하는 것이 아니다. 그 사람의 밑으로 내려가서 상대방의 형편과 처지를 바라볼 때 비로소 이해가 된다. 여러분이 누군가를 이해하려면 여러분이 가진 것을 내려놓고 그 사람의 아래로 내려가야 한다.

04
인내를 배우다

금호강 줄기를 따라 산책하다가, 진기한 모습을 발견했다. 왜가리 한 마리가 강물이 흘러넘치는 곳에 서서, 물고기 사냥을 하고 있었다. 사진에는 보이지 않지만, 그 아래 물이 넘쳐, 물고기가 넘어오는 곳에, 다른 왜가리가 물고기 사냥을 하고 있었다. 왜가리는 물고기를 잡기 위해서 부지런히 걸어 다닌다. 강물이 줄어들 때만 볼 수 있는 광경이다. 왜가리가 물고기를 잡는 모습이 신기해서 한참을 지켜보았다.

왜가리 한 마리는 물고기를 잡기 위해서, 15분 동안 넘쳐흐르는 물을 가만히 쳐다보고 있었다. 나는 왜가리의 끈질긴 집중력에 감탄했다. 시간이 얼마나 흘렀을까, 보 위에 서 있던 왜가리는 드디어 물고기 한 마리를 낚아채 잡아먹었다. 왜가리가 물고기를 잡아먹기 위해 기다렸던 시간이 전혀 아깝지 않았다.

요즘은 모든 것이 빠르게 지나간다. 스마트 폰도 4G에서 5G 시대가 되었다. 느리면 큰일 나는 줄 안다. 이 시대에 가장 필요한 것은 '인내'다. '인내'는 기다림의 미학이다. 인내를 통해서 '기다림은 아름답다'라는 의미를 깨닫는다.

급한 세상에 급하게 달리다 보면 지치고 쓰러지기도 한다. 때로는 초조한 마음 때문에 실수도 한다. 우연히 발견한 왜가리의 모습을 통해 인내를 배웠다. 우리의 삶에 작은 여유를 갖고 기다림의 미학을 누리길 바란다.

05

자동차 타이어처럼

타이어 가게에서 쉽게 볼 수 있는 모습이다. 낡아서 교체된 수많은 타이어가 쌓여있다. 그냥 지나칠 수 있는 장면이지만 의미를 부여하면 작은 감동을 발견할 수 있다. 자기 일을 다 한 타이어가 대견스럽게 느껴진다.

쌓여있는 타이어 가운데 멀쩡한 것은 하나도 없다. 심지어 심하게 닳아 철심이 보이는 타이어도 있다. 왼쪽이나 오른쪽이 마모된 타이어, 날카로운 것에 찢긴 타이어도 보인다. 이 타이어들은 원래 홈도 깊고 윤기가 나는 새 타이어였다.

타이어는 자동차와 화물의 무게를 견뎌야 하고, 많은 사람을 태우며 수도 없이 달렸다. 고속도로 같은 좋은 길만 다닌 것이 아니다. 때로는 산길과 오솔길처럼 거친 비포장도로를 달리며, 모든 길을 가리지 않고 최선을 다해 달렸다.

우리도 타이어처럼 묵묵히 자기 일에 열심을 다하면 좋겠다. 좋은 길 나쁜 길을 가리지 않고, 꾸준히 달리는 타이어처럼, 우리도 잔꾀를 부리지 말고 성실하게 자신의 길을 가야 한다. 자신의 길을 최선을 다해 달리는 인생이 되고 싶다. 시간이 지난 뒤 내가 걸어온 발자취를 돌아보았을 때, 사람들 앞에 부끄럽지 않은 모습이 되었으면 한다.

; 06
자투리땅 활용하기

아파트 뒤쪽 도로와 우로지 산책길 사이에 작은 땅이 있다. 길거리에서 이런 땅들을 종종 볼 수 있다. 아마 시(市) 소유나 국가 소유의 땅일 확률이 높다. 쉽게 말하면 주인 없는 땅이다. 몇 해 전부터 이곳에 누군가 계절에 따라 다른 채소들을 심었다.

상추, 고추, 파 등이 심겨 있었다. 땅이 넓지 않지만 한 가정에
서 채소를 충분히 사용할 수 있는 면적이다. 자투리땅에는 파가
아주 싱싱하게 자라고 있었다. 그냥 버려졌던 땅이었지만 관심
을 가지고 땅을 일구면 충분히 쓸모 있는 땅으로 만들 수 있다.

버려지는 것은 자투리땅뿐만이 아니다. 작은 동전도 한두 개
모으다 보면 어느새 돼지 저금통을 가득 차게 모을 수 있다. 우
리 집에도 돼지 잡을 날이 다 되어 간다. 자투리 절약을 하기 위
해서 신경 써야 할 부분이 몇 가지 있다. 아무도 없는 방에 켜져
있는 선풍기와 전등을 확인하며 아껴야 한다.

하지만 그보다 더 쉽게 낭비하고 있는 것은 의미 없이 보내는 시간이다. 아무 생각 없이 채널이 바뀌는 대로 TV를 본다거나, 사람을 만나서 잡담하는 시간 말이다. 우리는 계획 없이 흘려보내는 시간의 소중함을 모를 때가 많다. 자투리 시간을 활용해서 독서, 다양한 지식습득과 배움, 취미생활이 나중에 내 인생에 큰 도움이 될 수 있다.

적은 자투리 시간이지만 모이면 큰 시간이 된다. 자신에게 낭비되는 자투리 시간을 잘 활용해 보기를 권한다.

; 07
젓가락으로 콩을 옮겨라

시골에서 가져온 콩을 보며, 작은딸이 어렸을 때, 나무젓가락으로 콩을 집어 접시에 옮기는 게임이 생각났다. 친구가 콩을 접시 모두 옮겨 담으면 다음 친구에게 연결이 된다. 콩을 옮기는 전체 시간을 합산해서 점수를 주는 게임이었다.

대부분의 아이들은 마음이 급해서 젓가락으로 콩을 잘 옮기지 못했다. 콩을 젓가락으로 집어도 접시에 옮기기 전에 땅에 떨어뜨렸다. 그런데 작은딸은 아주 침착하게 콩을 집어서 잘 옮겨 놓았다. 다른 아이들에 비해서 속도도 일정하고 빨랐다. 나도 놀라고 옆에서 진행하던 선생님도 너무 잘한다며 칭찬을 했다. 바쁘다는 이유로 딸에게 젓가락 잡는 방법도 가르치지 못했는데 엄마·아빠를 보고 바르게 배운 딸이 기특했다.

분초(分秒)를 재는 게임에 작은딸이 이렇게 침착하게 잘할 줄 몰랐다. 한국인은 대부분 급한 성격을 가지고 있다. 일을 빨리하면 정확하게 하기 힘들다. 속담에 "바쁠수록 돌아가라"는 말이 있다. 마음이 급하다고 일을 빠르게 되는 것은 아니다. 오래전 추억이지만 콩 옮기기 게임을 통해서 작은딸에게 한가지 배웠다. 부모는 자녀에게 가르치는 자리에만 있지 않고 때로는 어린 자녀에게 배우기도 한다.

작은딸이 보여준 침착함을 통해 인생의 지혜를 배웠다. 자녀의 행동을 가만히 살펴보면, 부모보다 더 나은 모습이 보일 때가 있다. 좋은 부모는 자녀를 가르치고 자녀에게 배우는 부모이다.

; 08

낙엽에게 한 수 배웠습니다

바람에 떨어진 벗나무 잎이
작은 소나무에 걸려있습니다
붉게 물든 잎에 난 구멍, 검푸른 얼룩
잎이 지나온 환경의 혹독함을 알게 합니다
우리 인생도 조금의 차이는 있지만
만만치 않은 인생을 살아왔습니다
붉은 벗나무잎 한 장을 통해
인생의 뜨거운 열정을 배웁니다
만남이 있는 인생이지만
헤어짐도 있다는 것을 발견합니다

잎이 떨어져야 나무가 살듯이

숭고한 희생을 알게 됩니다

아쉽지만 때가 되면

모든 것을 내려놓음을 배웁니다

늘 푸른 인생도 아름답지만

붉게 성숙한 인생의 아름다움을 발견합니다

떨어진 나뭇잎을 통해 인생의 마지막을

어떻게 준비하는지 한 수 배웠습니다

09

함께 할 수밖에 없다면

등산하던 중에 특이한 나무를 발견했다. 나무 허리에 큰 바위가 박혀 나무와 한 몸이 되어 있었다. 언제, 어떻게 이 모습이 되었는지 나무 자신만이 알겠지. 장맛비에 흙이 무너질 때, 바위도 함께 굴러와 나무에 박혔을 수도 있다.

아니면 나무가 바위 옆에 붙어 자라면서, 바위와 나무가 서로 한 몸이 되었을 수도 있다. 정확한 이유는 모르지만, 딱딱한 바위가 자신의 몸을 파고들 때의 아픔은 이루 말할 수 없었을 것이다. 벼락처럼 한 번의 고통으로 끝나는 것이 아니라, 나무가 자라면 자랄수록 바위는 더 크고 깊게 파고들어 온다. 그럼에도 놀라운 것은 바위가 나무에 박혀있는 환경 속에서도, 주변의 다른 나무들보다 더 굵게 자랐다는 사실이다.

나무는 피할 수 없는 상황 속에서 최선을 다했다. 불가피하게 둘은 한 몸이 되었지만, 바위 덕분인지 더 크고 견고하게 보인다. 지금 나무에 붙은 바위를 제거하면 나무는 금세 부러질지도 모른다.

'피할 수 없으면 즐겨라'(Enjoy it if it is unavoidable)라는 말이 있다. 우리의 인생도 나무와 비슷해 보인다. 피할 수 없기에 함께 고통스러워하는 일들이 생긴다. 마치 자신의 아픈 손가락처럼 말이다. 이런 상황은 피한다고 해결되는 것이 아니다. 피할 수 없고 내가 해결하기 힘들면 인정하고 받아들이면 된다. 사진 속 나무와 바위가 하나 되어 서로를 지탱하고 있다. 마치 엄마가 어린 아기를 감싸 듯. 아무리 강한 바람이 불고 비바람이 몰아쳐도, 나무와 바위는 든든히 서 있게 될 것이다. 피할 수 없다면 즐겨라. 현재 상황을 인정하고 최선을 다하면 된다.

10

인생이 물처럼

작은 빗방울
한곳으로 모여
시내와 강물이 되어

바위에 부딪히고
돌에 상처 입은
멍든 몸으로

긴 여정 돌고 돌아
거친 숨 몰아가며
바다에 이르듯

우리 인생의 상처도
돌고 돌아 흘러가지만
언젠가는 다 지나가지요

part
9
+++++++ +++++++

삶의 여유를 가지십시오

+++++++++++++++++++++

01

책은 왜 읽어야 하는가?

책 읽는 것을 매우 좋아한다. 어릴 적 초등학교에는 작은 도서실이 있었다. 그때는 주로 만화책이나 동화책을 읽었다. 중학교, 고등학교에는 제법 큰 도서관이 있었다. 점심시간과 방과 후에 책을 자주 읽었다. 특별활동을 독서부로 신청하고 도서관 청소를 맡았는데 그 덕에 책을 접할 기회가 많았다. 중·고등학교 때 특히 소설과 시를 많이 읽었다. 지금도 시립 도서관에서 5권을 대출하여 2주에 걸쳐 꾸준히 읽고 있다.

책을 읽으면 어떤 유익이 있을까? 먼저 책을 읽으면 다양한 분야의 지식을 습득할 수 있다. 책을 통해 다른 사람의 지혜를 쉽고 편하게 얻는다. 또한 독서는 좋은 정서와 풍성한 감성을 가져다준다. 독서의 다른 장점은 문장력을 키울 수 있다는 점이다. 독서를 통해 창의성과 상상력을 높여준다. 궁극적으로 독서의 가지에서 과학과 문화, 인간의 삶에 놀라운 발전을 뻗어 나간다. 이 외에도 독서가 주는 유익이 너무나 많다.

02

왜 이렇게 되었을까요?

등산하다가 껍질이 벗겨져서 속 뼈대만 남은 소나무를 발견했다. 밑동을 보니 제법 굵기가 있는 소나무였다. 나무가 질병에 걸려서 고사했는지 마른 상태에서 껍질이 벗겨진 모습이다. 소나무의 모습이 너무 초라하다.

어린이들의 동화책에 나오는 벌거벗은 임금님 같다. 왜 이렇게 되었을까. 비와 바람의 영향일까? 벌레와 미생물이 잘게 분해를 시켰을까? 아니면 멧돼지 같은 산짐승이 비벼서 이런 모습이 되었을까. 그것도 아니면 스트레스 왕창 받은 사람이 산을 오르다, 마른 소나무를 발견하고 껍질을 벗긴 것일까? 어쨌거나 우리가 상상하는 푸른 잎을 가지고 당당하게 서 있는 소나무가 아니었다.

지금 소나무는 민망한 모습을 하고 있다. 가끔 고상하게 살았던 유명인이나 정치인들이 매스컴을 통해 민낯이 드러날 때, 우리는 적잖이 실망한다. 말라서 껍질이 벗겨진 소나무를 보면서 인생에 지켜야 할 것이 무엇인지 생각했다.

우리의 모습이 드러나더라도 부끄럼이 없는 삶을 살아야겠다. 윤동주의 〈서시〉 중에 생각나는 구절이 있다.

'죽는 날까지 하늘을 우러러 한 점 부끄럼 없기를 잎새에 이는 바람에도 나는 괴로워했다.'

● 03

소소하지만 작은 행복 소확행(小確幸)

소·확·행은 '작지만 확실한 행복'을 뜻한다. 일본 작가 무라카미 하루키의 수필집 『랑겔한스섬의 오후』에 등장하는 말이다. 동일 저자의 『이렇게 작지만 확실한 행복』에서도 언급을 한다.

소확행과 비슷한 단어는 스웨덴의 라곰, 프랑스의 오캄, 덴마크의 휘게 등이 있다. 사랑하는 가족이나 친구와 함께 또는 혼자서 보내는 소박하고 여유로운 시간을 말한다. 많은 시간이 필요하기보다 10분, 30분 정도가 충분하다. 일상 속의 소소한 즐거움을 통해 누리는 행복이다.

사람마다 소확행의 방법은 다양하다.
자신이 편하고 좋은 방법과 시간을 선택하면 된다.
누구나 할 수 있는 소확행을 추천한다.

공기 좋은 날 자전거를 타기
동네 뒷산 오르기
학교 운동장을 천천히 걸어보기

비가 오거나 날씨가 흐린 날 따뜻한 커피 한잔

한 권의 양서(良書) 읽기

작은 취미를 매일 조금씩 하기

좋은 음악 듣기

스포츠 활동에 참여하기

작은 사회봉사 활동하기

스스로 음식을 만들어 먹기

매일 일기 쓰기

일과 후 사우나에 가서 몸을 푹 담그는 시간 갖기

맛있는 음식을 사랑하는 사람들과 나누며

수다 떨고 마음을 나누는 일 등등.

나에게 '작지만 확실한 행복'을 선물한다. 모두가 소확행을 누리며 행복하게 살아가기를 소망한다.

; 04

줄어들면 보입니다

우로지 호수 준설작업으로 호수의 물이 거의 다 빠져있다. 7년 만에 우로지 바닥을 봤다. 물이 가득 차 있을 때는 참 푸르고 맑아, 하늘과 구름이 비칠 정도였다. 물이 점점 줄어들면서 서서히 호수의 민낯이 보이기 시작했다.

울퉁불퉁한 흙바닥에서 삭은 나무상자들과 폐비닐, 온갖 종류의 플라스틱, 망가진 의자, 바닥에 가라앉은 썩은 마름 등, 우로지 호수의 추한 모습이다. 보기만 해도 눈살 찌푸려지는 물건들이 수면 아래에 묻혀 있었다.

우리의 마음도 그러하다. 인생이 즐겁고, 평안하고, 자기 뜻대로 잘될 때는 모두가 호인(好人)이 된다. 마음이 정말로 넓어 보인다. 그와 반대로 갑자기 찾아온 불행 앞에서는 자신에게 숨겨져 있던 성격이 나오게 된다. 애써 숨기려 하지만 자신도 모르게 가끔 본성이 물 위로 고개를 내밀곤 한다.

상대방에게 상처를 줄 생각이 없더라도 의도와는 다르게, 말과 행동을 제어할 수 없을 때가 있다. 우로지 호수 바닥과 같은 추한 모습은 누구에게나 있다. 〈찰스 라이리〉는 '거룩하여질 수 있는 가장 쉬운 곳은 대중 앞이고, 가장 어려운 곳이 집이다.'라고 말을 했다.

물이 줄어든 우로지 호수를 보면서, 자각하지 못했던 부끄러운 모습은 없는지 돌아보는 기회였다.

05

물오리들의 낮잠(午寢)

오래간만에 우로지 호숫가를 산책했다. 우로지 호수에는 많은 종류의 새들이 찾아온다. 백로, 왜가리, 참새도 보이지만 그중에 물오리가 가장 많다. 물오리는 아침부터 저녁까지 우로지 호수를 헤엄쳐 다니며, 물풀과 작은 물고기를 잡아먹는다. 그 넓은 호수를 부지런히 헤엄쳐 다니며, 먹을 것을 찾는다. 지치지도 않나보다. 그 긴 시간 동안, 먹을 것을 찾아 헤매는 물오리는 휴식이 필요하다.

초겨울 날씨지만 제법 따뜻했다. 오후 햇빛이 잘 드는 우로지 호수 가장자리 바위 위에 물오리 세 마리가 낮잠을 자고 있다. 드넓은 호수를 돌아다녔는데 피곤할 만도 하다. 무조건 열심히 일하는 것이 좋은 것은 아니다. 아무리 건강한 사람도 쉼 없이 열심히 달리기만 하면, 탈진하거나 몸에 이상이 오기도 한다.

열심히 일할 때도 있지만 잘 쉬어주어야 한다. 충분한 휴식을 취하고 영양을 골고루 섭취해야 몸 상태를 최상으로 유지할 수 있다. 물오리가 머리를 가슴에 묻고 잠을 자는 모습이 너무 여유로워 보인다. 나는 물오리에게 이렇게 말을 해주었다.

'그래 물오리야 푹 자고 일어나거라'

06
지는 윷놀이

　명절이 되면 가족이나 친척들이 모여서 윷놀이를 자주 한다. 재미로 하는 경우도 있지만, 치킨이나 피자, 커피 값을 두고 돈을 걸고 게임을 하는 경우도 많다. 자신의 편이 지거나 원하는 윷 패가 나오지 않을 때, 서로 원망하고 심하면 큰 소리가 나게 된다. 결국 감정만 상하고 끝나는 경우가 종종 있다. 끝이 깔끔하지 못한 이유는 '이기는 윷놀이'를 해서 그렇다.

　평화로운 윷놀이를 위해 특별히 '지는 윷놀이'를 해 보았다. 지는 윷놀이는 어떻게 하든지 윷말이 늦게 들어와야 승리한다.

윷놀이하는 내내 화기애애하고 박수와 웃음이 넘치는 게임이었다. 모. 윷을 하려고 애쓰지 않아도 되고, 오히려 개나 도가 나오면 더 좋아한다. 자기편의 윷말을 잡아먹으면 "아이고! 잡아 주셔서 감사합니다! 다른 말도 잡아 주세요."라며 기뻐한다.

이기는 윷놀이는 모가 나오면 최고지만, 지는 윷놀이는 모가 나오면 상대편에게 좋은 일이다. '모'를 하면 "한 번 더 하세요"라고 부탁하기도 한다. 상대편이 윷을 던지면 '모야'하고 축복해준다. 윷말을 잡을 수 있는데도 일부러 둘러서 멀리 간다. 말판에 가장 늦게 남아 있어야 이기기 때문이다.

얼굴을 붉히거나 싸울 일이 절대 없다. 명절에 온 가족이 모여서, 지는 윷놀이를 해 보길 추천한다.

; 07
차고 넘쳐흐르기 전에

코칭 심리전문가인 김윤나의 저서《자연스러움의 기술》에서 인간의 감정을 물병에 비유하고 있다. 사람들은 저마다 감정의 물병을 가지고 있다고 한다. 물병의 크기는 사람마다 다르다. 어떤 사람은 500mL이지만 어떤 사람은 1.5L나 된다. 어떤 크기를 가지고 있더라도, 감정의 물병은 아귀까지 차기 전에, 그때그때 쏟아내어야 한다. 물이 가득 차서 흘러넘치면 감당할 수 없는 상황이 올 것이다. 평소에는 조용하고 내성적인 사람이 굉장히 분노할 때가 있다. 감정의 물병이 가득 차서 흘러넘쳤기 때문이다.

그렇다고 시도 때도 없이 감정을 분출하라는 의미가 아니다. 감정의 물병에 물이 가득 차기 전에 조금씩 쏟아내는 지혜가 필요하다. 개인마다 물을 비우는 방법이 다를 수 있다. 어떤 사람은 자신의 감정을 미루지 않고, 지혜롭게 표현한다. 또 어떤 사람은 남을 배려하지 않고, 순간의 감정을 표출하기도 한다. 나는 감정을 참으려고 하는 편이다. 참다 보면 가끔 감정의 물병이 차서 넘칠 때가 있다. 그때마다 상처를 받는 사람은 가족이다. 이제는 감정의 물병이 차기 전에 자주 비운다. 감정의 물을 빼는 데 도움이 되는, 취미나 다른 일에 집중한다. 등산하거나 자전거를 타기도 하며, 우로지 호수를 여러 바퀴 돌면서 마음을 추스른다. 우리는 감정의 물병이 차서 넘치지 않도록 날마다 비우는 노력이 필요하다.

권수택 작가의 《오감 독서》에서 '인생에는 네 가지 괴로움'이 있다고 한다. 첫 번째는 보고 싶은 책을 못 보는 것, 두 번째는 보기 싫은 책을 보아야 하는 것, 세 번째는 독서는 안 하는데 나이만 먹는 것, 네 번째는 일이 뜻대로 되지 않아 독서를 하지 못하는 경우라고 말한다. 우리는 이 괴로움에서 벗어나 책을 읽어야 한다. 개권유익(開卷有益)이라는 사자성어가 있는데 '책을 열면(읽으면) 유익이 있다'라는 뜻이다. 책을 통해 얻은 지식이나 지혜는 인생에 도움이 된다. 독서는 개인의 지식을 함양하고, 성품과 인격 형성에도 큰 도움이 되기에, 꾸준한 독서 습관으로 자신을 성장시켜야 나가야 한다.

; 08

푸른 초원을 이루는 것은 잡초다

강변을 따라 풀밭을 바라보며 걷다, 문득 이 문장이 생각났다.

'푸른 초원을 이루는 것은 잡초다'

걸음을 멈추고 오랫동안 풀밭을 보며 생각에 잠겼다. 우리는 봄과 여름에 강가나 산 밑에서 푸른 초원을 본다.

답답한 마음이 있을 때 초원을 바라보면 기분이 금방 좋아진다. 어릴 적 추억이 생각나서 달려도 보고, 뒹굴어보고 싶은 마음이 샘솟는다. 그러나 보통 사람들은 초원을 이루는 것에는 별로 관심이 없다.

푸른 초원은 고결한 백합이나 매력적인 장미로 채워져 있지 않다. 우리가 흔히 말하는 잡초, 이름도 잘 모르고 쉽게 베어지고 밟아버리는 풀이다. 하지만 외면당하고 보잘것없어 보이는 풀들이 모여서 초원을 만들었다. 초원은 아이들이 마음껏 뛰어놀고, 소와 양 떼가 배부르게 마음껏 먹을 수 있는 생명의 장소인 목초지다.

이름 모를 잡초가 초원을 이루듯이, 작은 빗방울이 냇물이 되고 강물이 되어 바다를 이룬다. 겨울에는 작은 눈이 내려서 쌓이면, 어느새 온 세상을 하얗게 덮어버린다. 눈 깜짝하기도 부족한 1초가 모여 1분이 되고, 1분이 모이면 1시간, 24시간, 한 달, 12달이 된다. 옥수수 한 알이 땅속에 심어지면, 수백 개의 알이 박힌 옥수수가 된다. 보잘것없이 작고, 부족한 것들이 우리에게 유용한 때가 있다. 소홀히 여겼던 잡초가 초원이 되어 우리의 교훈이 된다.

09

함께 살아가는 세상이잖아요!

사람은 혼자서 살 수 없다. 사람인(人) 자도 서로 지탱하며 받쳐줄 때 온전한 사람이 된다. 우리가 살아가면서 부족한 것은 서로 채워주고, 배려할 때 더 행복한 세상이 되지 않을까? 이런 바람이 무색하게도, 요즘 사람들의 모습은 너무 개인주의이다. 오래전부터 방영해온 예능 프로그램 1박 2일에서 유행했던 말이 있다. 강호동 씨가 복불복에 걸리지 않았을 때 외친 말이었다. "나만 아니면 돼!" 과장된 말투와 행동은 웃음을 자아내지만, 현실에서는 이런 모습이 좋게 보이지 않는다.

아파트의 엘리베이터가 고장이 나도, 주민들이 신고 전화를 하지 않는다. 한 번은 아침 일찍 외출했다가, 오후 늦게 돌아왔는데 한쪽 엘리베이터가 고장 나 있었다. 엘리베이터 앞에 서 있는 분에게, 언제부터 고장 났다고 물어보니 오전이라고 답했다. 즉시 관리소에 전화하니, 하루 동안 엘리베이터 고장 신고가 없었다고 한다. 많은 사람이 살고 있지만 불편한데도, 누군가 전화하겠지 하는 생각에 모두 그냥 지나쳤다. 몇 달째 가로등 불이 켜지지 않아도, 누구 한 명 전화하지 않았다. 우로지 호수에 설치된

인조 나무에 불이 들어오지 않고, 스피커가 고장이 나서 음악이 나오지 않아도 관심이 없다. 수도관이 터져서 한 시간째 물이 새어 한강이 되었을 때도 발견하고 전화하니, 그동안 한 사람도 연락한 사람이 없었다고 한다. 참 너무 합니다. 나 혼자 사는 세상이 아니잖아요! 대부분의 사람은 자기와 직접적인 관계가 없고, 지금 당장 불편하지 않다고, 나와 상관없는 일이라고 생각하는 것 같다.

나만 아니면 돼! 라고 말하는 분들께 이런 말을 드리고 싶다. 여보세요! 함께 살아가는 세상이잖아요!

어울림

물은 땅을 통해 흘러흘러
강이 되어 바다에서 만나고

겨울과 봄이 공존하는 공간 속에
서로 마주 보며 함께하는 나무들처럼

너와 나, 땅, 물, 나무처럼 어울려
서로 함께하며, 하나 되어 흐르는 만남이 되기를

part
10

+ + + + + + + + + + + +

바라보는 방향이 행복입니다

+ + + + + + + + + + + + + + + + + +

01
우생마사(牛生馬死)

우생마사(牛生馬死)라는 사자성어가 있다. 간단히 말하면 '소는 살고 말은 죽는다'라는 뜻이다. 얕은 물에 말과 소를 빠트리면 모두 헤엄쳐서 육지로 올라온다. 말은 힘이 있어서 훨씬 빨리 헤엄쳐 나온다고 한다. 하지만 아이러니하게도 장마로 불어난 강물에 소와 말이 빠지면 소는 살아서 나오는데 말은 물에 빠져 죽는다.

말은 강한 물살에 밀려가지 않으려고 열심히 헤엄친다. 아무리 힘이 센 말이라도 시간이 흐르면서 결국 힘이 빠져 익사한다. 그와 반대로 소는 절대로 물살을 거슬러 올라가지 않는다.

물살을 따라 헤엄치면서 천천히 떠내려간다. 물결에 몸을 맡기며 떠내려가다가 얕은 물가에 닿게 된다. 가끔 뉴스를 통해 홍수에 소들이 떠내려갔지만 수 킬로 떨어진 곳에서 살아서 발견된 것도 그런 이유이다.

어렸을 때 소를 먹이러 가려면 냇가를 지나서 산으로 가야 했다. 비가 내린 지 얼마 되지 않아, 물살이 제법 세게 흐르는 날이었다. 송아지의 발이 미끄러져 시냇물에 떠내려갔다. 어미 소는 울면서 따라갔고 나도 걱정되어 어미 소를 붙들고 함께 내려갔다. 송아지는 그대로 물을 따라 10m 이상 떠내려가다가 물가로 올라왔다. 힘을 빼고 물의 흐름을 거스르지 않고, 몸을 맡겼기에 살 수 있었다.

우리도 소와 같은 모습이 있어야 한다. 정말 중요한 일은 힘을 주어 열심히 해야 하지만, 때로는 흘러가는 대로 몸을 맡기고 기회를 엿봐야 할 때도 있다.

힘을 주어 물살을 치고 올라갈 상황과 힘을 빼고 지혜롭게 행동하는 것이 성공 인생의 지름길이다.

02

바라보는 방향에 따라

우리는 습관적으로 같은 길, 같은 생각, 같은 곳만 바라보려고 한다. 그러나 때로는 보는 시선과 생각의 관점을 다르게 할 때 인생의 새로운 것을 본다. 가령 신문이나 그림책에 나오는 '숨은 그림찾기'에서 쉽게 발견할 수 있다.

정면에서 볼 때는 도무지 찾을 수 없었는데 옆이나 위에서, 각도를 달리하거나 그림을 반대로 뒤집어서 보면, 숨겨진 그림이 보일 때가 있다. 다른 방향에서 바라보라고 해서 일탈적인 행동이나 생각을 하라는 것이 아니다. 일상의 삶에서 보는 방향을 약간 달리하라는 뜻이다. 보는 관점을 달리하면 삶의 다른 부분을 볼 수 있다.

대나무 숲 전경을 방향과 각도를 달리해서 사진에 담았다. 정면에서 보는 느낌과 로우앵글(밑에서 위로 촬영)로 보면 전혀 다른 느낌이다. 정면에서 촬영한 대나무 숲은 보이는 것처럼 올곧고 가지런한 느낌을 받는다. 마치 군인들이 오(종)와 열(횡)을 맞추어 서 있는 것 같다. 대나무의 장엄한 모습은 우리 인생에 바른 삶이 무엇인지 가르쳐준다.

로우앵글 사진을 보면 다른 결의 느낌이 든다. 위를 향하여 끝없이 뻗어있는 대나무는, 인생의 목표와 비전을 가리키는 상징물처럼 보인다. 대나무 저 높은 곳으로 올라가고 싶은 강한 의지가 생긴다. 날마다 반복되는 삶에서 보는 관점, 행동에 약간의 변화를 주자. 자신의 삶에 활력소가 되고 새로운 삶의 목표가 생길 것이다.

03
새끼줄의 추억

아파트 근처 논에 타작한 벼를 쳐다보니 어린 시절 짚으로 꼰 새끼줄이 생각났다. 어릴 때만 하더라도 튼튼한 나일론 밧줄과 고무로 된 밧줄이 귀했다. 가을에 벼를 타작하고 나면 아버지와 동네 어른들은 새끼줄을 꼬는 일을 하셨다.

매일 저녁이면 아버지께서 새끼를 꼬던 모습이 지금도 생생하게 기억난다. 그때 수고하시는 아버지를 돕겠다고 어린 아들이 나섰다. 양손에 짚을 잡고 비비면서 꼬아야 반듯한 새끼줄이 만들어진다. 처음에는 손도 어설프고 새끼줄이 잘 만들어지지 않았다. 게다가 힘을 무리해서 하니까 손바닥에 금방 물집이 생기고 말았다. 고통을 감내하는 시간이 지나고 몇 번의 연습 끝에 제법 새끼를 잘 꼬게 되었다. 지금은 시골에서도 짚으로 만든 새끼를 잘 사용하지 않는다. 이젠 새끼를 꼬는 행위는 농촌체험 프로그램이 아니면 보기 힘든 시대가 되었다.

나는 타작한 논으로 발걸음을 옮겼다. 짚을 가져다가 어린 시절 기억을 더듬어 새끼를 꼬아보았다. 머리는 기억을 못 하는데 손은 기억하고 있었다. 다 만들어보니 새끼줄이 제법 예쁘게 꼬여있었다. 짚이 완전히 마르지 않아 초록빛을 띠고 있어, 은근 색이 어우러져서 볼만하다. 내가 꼰 새끼를 힘껏 당겨보았다. 역시 끊어지지 않았다.

짚 하나라면 쉽게 끊어졌겠지만, 여러 개로 꼰 새끼줄은 쉽게 끊어지지 않는다. 네 가닥의 짚이 서로 엉기고 꼬이면서 튼튼한 밧줄이 되었다. 우리 개개인은 연약하고 부족할지라도 가족과 친구, 동료, 더 나아가 국민이 함께하면 강하고 튼튼하게 된다. 혼자서는 감당하기 힘든 일을 만나도, 서로가 함께하면 튼튼한 새끼줄 같은 인생을 만들 수 있다.

04

소나무가 이발하던 날

우로지 호숫가에 키 작은 소나무들이 많이 심겨 있다. 올봄에 소나무가 많이 자랐다. 가지마다 자라는 정도에 따라, 크고 작은 잎이 삐죽삐죽 올라와 있다. 덥수룩한 소나무를 지나칠 때마다, 정돈되지 않은 느낌의 소나무가, 내 시선을 멈추게 한다.

아름다운 우로지 풍경과 어울리지 않아서이다. 이런, 내 마음을 알았을까, 얼마 지나지 않아 정원사가 와서, 삐죽빼죽 소나무를 예쁘게 손질해 주었다. 여름맞이 이발을 한 것이다.

　머리 깎은 소나무가 단정해 보이듯, 사람도 미용실에 다녀온 날에는 그 어느 때 보다, 단정하고 멋져 보인다.

　사람의 행동도 소나무처럼 이발할 수 있다면 얼마나 좋을까? 단 한 번에 바뀔 수는 없다. 조금씩 자신의 부족한 면을 바로잡고, 변화한다면 지금보다는 훨씬 멋진 사람이 될 것이다. 오랫동안 굳어버린 습관도, 힘들지만 조금씩 노력하면 더 나은 사람으로 바꿀 수 있다.

새뮤얼 스마일즈는 '생각을 바꾸면 행동이 달라지고, 행동을 바꾸면 습관이 달라지며, 습관을 바꾸면 성격이 달라지고, 성격이 바뀌면 운명이 달라진다'라고 했다. 깔끔하게 머리를 단장한 소나무를 보면서 나를 비추는 시간을 가져본다.

스스로 다듬고 고쳐야 할 것이 없는지 조용히 생각해 본다.

⁝ 05
올챙이를 기억하라

따뜻한 봄날에 가족과 함께 계곡에 갔다. 물가에는 올챙이 수십 마리가 모여 있었다. 어린 시절에는 올챙이를 흔하게 보았는데 요즘은 보기 어렵다. 딸들은 신기한지 쭈그려 앉아 올챙이를 바라보았다. 작은딸이 올챙이 한 마리를 순식간에 손바닥 안에 가두었다. 작은딸 손바닥에 놓인 올챙이가 물에 들어가려고 애를 쓰고 있었다. 사진을 찍어 기념만 하고 다시 물가에 놓아 주었다.

올챙이를 보니 문득 과두시사(蝌蚪時事)라는 사자성어가 생각이 났다. 개구리가 올챙이 적 일을 생각하지 못한다는 뜻이다.

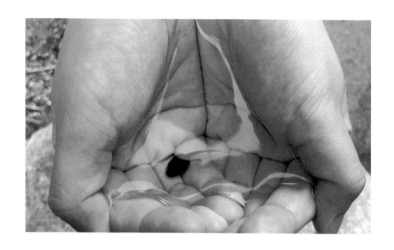

우리에게는 분명히 개구리가 올챙이였던 시절이 있었다. 그런데 어떤 사람들은 출세하거나 성공하고 나면, 힘들었던 이전의 삶을 기억하지 못한다. 자신보다 못한 처지에 있는 사람들을 무시하기도 하고, 처음부터 잘난 사람인 줄 착각하기도 한다. 지금은 잘나간다고 하더라도 과거의 삶을 거울삼아 교만하지 말고 바르게 살아야 한다. 내 인생의 저울이 언제 기울지 모르기에, 성공할수록 올챙이 때를 생각하고 항상 겸손해야 한다.

일상 속에 있는 짧은 순간이었지만, 작은 올챙이 한 마리를 통해 진지하게 자신을 되돌아보는 시간이었다.

06

버들피리의 추억

    사람들은 버들피리를 알고 있을까? 아마 어릴 적 시골에서 자란 사람들은 다 알고 있으리라 믿는다. 봄이 되면 버드나무에서 연한 가지가 올라온다. 일단 버들피리를 만들려면 가지가 연해야 한다. 가지에 싹이 나면 가지 껍질을 비틀고 빼어낼 때 쉽게 껍질이 찢어질 수 있다.

    하루는 산책하다 버드나무가 있어, 어릴 적 기억을 되살려 버들피리를 만들어 보았다. 껍질을 빼내어 적당하게 길이를 잘라, 끝부분을 얇게 벗겨내고 입술로 끝을 약간 누르면서 불었다.

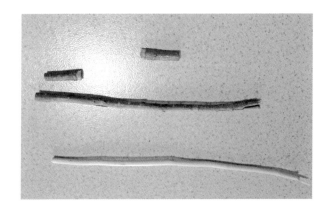

이 방식대로 만들어야 소리가 잘 난다.

어릴 적 버들피리를 만들어서 불면, 할머니께서 뱀이 나온다고 말했다. 할머니가 겁주는 말인 줄 알고 개의치 않고, 열심히 버들피리를 불었다. 할머니 말씀처럼, 우연인지 몰라도 버들피리를 신나게 불고 있는데, 진짜 뱀이 나와 깜짝 놀랐다. 친구들끼리 버들피리를 만들면, 누가누가 잘하나 서로 소리 대결을 했다. 자신이 만든 버들피리가 더 큰 소리를 내기 위해 힘차게 입 바람을 불어대느라, 얼굴이 점점 붉어지고 숨이 차오르기도 했다.

지나가던 동네 아저씨들이 "야 이놈들아! 시끄럽다"라며 야단치던 기억도 나, 오랜만에 버들피리를 만들어 불어 보았다. 생각했던 것보다 소리가 제법 잘 난다.

두 딸에게 한 개씩 만들어 주었다. 딸들은 신기해하며 열심히 불어 댄다. 아내는 시끄럽다고 했지만, 나에게는 아주 친숙한 추억의 소리로 들렸다. 그 시절로 다시 돌아갈 수는 없지만 잠깐 동안 행복한 시간이었다.

; 07

어린 딸에게 용서받다

우리는 용서를 비는 것보다 용서받는 것에 익숙하다. 특히 자신보다 나이가 적거나 지위가 낮은 사람에게 용서를 비는 것을 선뜻 내키지 않아 한다. 그럼에도 자신의 실수를 인정할 수 있는 사람이 진정한 멋진 사람이다.

큰딸이 어렸을 때의 일이다. 스트레스가 많이 쌓여, 지친 몸을 이끌고 퇴근해 집에 돌아왔다. 현관에 들어서 거실로 걸어들어오다, 아이들이 가지고 놀던 뾰족한 장난감을 밟았다. 순간적으로 밟은 아픔이 얼마나 큰지 눈물이 날 지경이었다.

발바닥이 아픈 상태에서 이미 잔뜩 스트레스를 받은 터라 이성적 판단이 어려웠다. 순간 화가 나서 큰딸의 이름을 부르며 큰소리로 고함쳤다. 아빠가 장난감은 놀고 나서 제자리에 치우라고 했지…. 큰딸은 퇴근하는 아빠를 향해 기쁜 마음으로 달려오다 놀란 얼굴로 멈춰 섰다. 아빠의 화난 얼굴과 큰 소리에 놀라, 울음을 터뜨리며 자기 방으로 들어가 버렸다.

알고 보니 내가 밟은 장난감은, 작은딸이 놀다가 놓아둔 것이었다. 나는 미안한 마음에 방문을 살며시 열었다. 큰딸은 여전히 울고 있었다. 나도 모르게 큰딸 앞에 무릎을 꿇고 울었다. 큰딸의 마음에 큰 상처를 주었다고 생각하니 눈물이 펑펑 났다. 아빠를 용서해 주렴, 아빠가 알아보지도 않고 큰소리쳐서 미안해!

그 말을 들은 큰딸은 아빠를 안아주면서 울지 마! 내가 용서해 줄게, 라고 말했다. 나는 큰딸을 한참 동안 꼭 껴안아 주었다. 그 일 이후로 자녀들에게 실수하면 항상 '아빠가 미안해'라고 먼저 말을 한다. 부모는 항상 자녀를 용서만 해주는 대단한 사람이 아니다. 부모도 실수하면 자녀에게 용서를 구해야 할 사람이다. 작은 실수라도 자녀에게 용서를 구하면 자녀들이 부모를 신뢰하고 더 사랑하고 존경할 것이다.

⸵ 08

작은 배려가 모두에게 기쁨을 줍니다

미용실에서 키우던 선인장 가시를 다 뽑아놓은 모습을 본 적이 있다. 선인장 가시는 야생동물들이 쉽게 접근하지 못하도록 자신을 보호하는 역할을 한다. 또 가시로 이슬을 조금씩 모아 뿌리로 보내는 중요한 역할도 한다. 무엇보다 선인장은 가시가 있어야 완벽해 보인다.

그런데 미용실 원장은 고객을 위해서 가시를 다 뽑아 버렸다. 선인장 입장에서는 가장 최악의 고통이고 수치다. 원장님은 선인장이 다른 식물에 비해 관리가 쉽고 물을 자주 주지 않아도 잘 자라기 때문에 키운다고 했다. 하지만 손님들이 가시에 찔릴까 봐 모조리 뽑았다고 한다. 원장님의 의도를 이해하지만, 자신들의 편리함 때문에 식물의 고유한 특성을 바꾸는 모습이 안타까웠다. 아무리 인격체가 아니더라도 식물에 대한 배려가 필요하다.

이번엔 선인장을 키우는 방식이 정반대인 곳을 발견했다. 시내 의원을 방문했다. 이곳저곳을 둘러보다 시선이 머무는 공간이 있었다. 창가에 올려진 선인장 위로 플라스틱이 씌워져 있었

다. 아이들이 만져도 다치지 않고, 선인장도 보호해 주는 일석이 조의 역할을 하고 있었다. 작은 배려이지만 선인장의 모습을 통해 순간 의사 선생님과 간호사님에 대한 신뢰가 더해졌다.

우리 사회를 보면 작은 배려조차 하지 않는 경우가 많다. 지하 주차장에서 장시간 시동을 켜 놓고 담배를 피우는 일, 자동차를 주차 칸에 맞추지 않는 것, 층간 소음, 베란다에서 흡연, 길 가면서 흡연하는 일, 쓰레기 제대로 분리하지 않은 것, 자동차 과속 운전, 끼어들기, 산책로에서 애완견의 배설물 치우지 않는 일, 등 나열하자면 끝도 없다.

작은 배려만 있으면 충분히 예방할 수 있는 일이다. 나부터 작은 배려를 실천하여 모두에게 기쁨을 주고 싶다.

09
디딤돌은 항상 그 자리에

사람들이 건너다닐 수 있도록, 냇가에 드문드문 징검다리를 만들어 놓았다. 평소에는 잘 건널 수 있지만, 장마철이 되면 디딤돌이 물에 잠기게 되어 건너다닐 수 없다.

많은 물이 흘러넘치는 상황이 되더라도 디딤돌은 언제나 그 자리에 있다. 비가 그치고 물이 줄면, 언제 뒤덮였는지도 모르게 제 모습을 드러낸다. 여전히 든든한 디딤돌로 그 자리에 그대로 굳게 서 있다. 나도 누군가의 디딤돌이 되고 싶다.

힘들면 어깨를 내어주고, 때론 그들의 발을 받쳐주어, 언제 찾아가도 만날 수 있는 편안한 존재가 되고 싶다.

지금 힘들고 어려운 상황에 있더라도 디딤돌처럼 든든히 서 있으면 좋겠다. 홍수처럼 많은 물이 밀려와도 잘 견디며 그 자리를 지켜야 한다. 지금 자신을 덮는 물은 얼마 뒤 사라질 것이다. 힘들지만 조금씩 견디다 보면, 이 어려움도 잘 해결해 나갈 힘과 용기가 생기지 않을까.

소설가 박완서는 '인생은 참고 사는 것이 아니라, 견디는 것이다'라고 말했다. 고통도 극복하는 것이 아니라 견디는 것, 외로움도 이기는 것이 아니라 견디는 것이다. 인생은 견디고 또다시 견디는 과정이다.

지금 힘드십니까? 그래도 한번 견뎌봅시다.

10

지금 어떤 길을 만들고 있습니까

세상에는 수많은 길이 있습니다
곧은 길, 굽은 길, 옳은 길, 그른 길

빨리 가는 지름길, 돌아가는 먼 길
배가 다니는 바닷길, 비행기가 다니는 하늘길

사람이 많이 다니는 대로(大路)
사람이 적게 다니는 오솔길

사람이 갈 수 있는 길
사람이 갈 수 없는 길

꽃길, 가시밭길
축복받는 길, 멸시받는 길

내가 스스로 개척한 길도 있지만
우리는 누군가 만든 길도 걸어갑니다

부모님이 만드신 길을 내가 걸어가고
내가 만든 길을 자녀들이 걸어갑니다

우리는 좋은 길을 잘 만들어야 합니다
누군가 내가 만든 길을 걸어오면서 힘들지 않아야 합니다

오늘도 우리는 길을 만드는 인생을 삽니다
지금 어떤 길을 만들고 있습니까

글을 쓰면서 평소에 놓쳤던 많은 행복을 기억하는 시간
이 되었습니다. 바쁜 일상 가운데 나를 돌아보며, 주변을 살피는
여유를 가지게 되었습니다. 나태주 시인의 〈풀꽃〉은 '자세히 보
아야 예쁘다. 오래 보아야 사랑스럽다. 너도 그렇다.'라고 합니
다. 아무리 예쁜 꽃이라도 그냥 스쳐 지나가면 그냥 꽃입니다. 그
러나 자세히 보면 작은 풀꽃에서 아름다움 그 이상을 발견할 수
있습니다.

우리가 쓰는 글에는 쉼표가 있고 음악 악보에도 숨표와
쉼표가 있습니다. 찍히는 곳에 따라 의미가 달라집니다. 악보에
서 숨표는 쉼표가 없는 곳에서 잠깐 빠르게 숨을 쉬라는 뜻입니
다. 쉼표는 박자에 따라 한 박자나 어느 정도 쉬는 것을 말합니
다. 좋은 악보라 하더라도 쉴 곳은 쉬어야 합니다. 숨을 쉴 곳은
숨 쉬어야 좋은 음악이 됩니다.

음악에서 쉼표가 없으면 숨이 차서 끝까지 노래할 수 없
습니다. 쉼표가 너무 많아도 좋은 노래가 될 수 없습니다. 우리의

인생 노래에 숨표와 쉼표가 어우러져야 합니다. 바쁘고 힘들 때면 쉼표를 찍어야 합니다. 우리의 인생에도 적당한 쉼과 일은 삶의 원동력이 됩니다. 반복되는 일상 속에서 삶에 잠시 여유를 가졌으면 합니다.

필자는 인생의 숨표와 쉼표를 통해 일상의 다양한 모습을 기록했습니다. 자동차를 운전하다 발견한 문구입니다. '속도를 줄이면 사람이 보입니다' 누구나 잠깐 속도를 줄이고 잠깐 멈추면 평소에 보지 못한 것들을 보게 됩니다. 너무 바쁘게, 빨리 달리다 보면 날마다 우리에게 다가오는 행복을 볼 수 없습니다. 삶과 인생의 속도를 조금만 늦추어도 행복이 보입니다. 이 책의 글은 누구나 일상에서 발견할 수 있는 소소한 행복입니다. 저의 삶이고 여러분의 이야기입니다. 함께 공감하며 읽어 주셔서 감사합니다. 오늘도 일상의 행복으로 살아가는 모든 분을 응원합니다,

소소한 일상에 행복 붙여넣기

초판인쇄	2021년 6월 3일
초판발행	2021년 6월 10일
지은이	노형욱
발행인	조현수
펴낸곳	도서출판 프로방스
기획	조용재
마케팅	최관호 백소영
편집	권은하
디자인	토닥
주소	경기도 고양시 일산동구 백석2동 1301-2
	넥스빌오피스텔 704호
전화	031-925-5366~7
팩스	031-925-5368
이메일	provence70@naver.com
등록번호	제2016-000126호
등록	2016년 06월 23일

정가 15,800원
ISBN 979-11-6480-138-1 03810

파본은 구입처나 본사에서 교환해드립니다.